LA DÉSIRANTE

Née dans le désert algérien, Malika Mokeddem est arrivée en France en 1977. Néphrologue, elle partage son temps entre l'écriture et l'exercice de la médecine. *Les hommes qui marchent*, son premier roman, paru en 1990, a été salué par de nombreuses récompenses : Prix Littré, Prix collectif du festival du premier roman de Chambéry et Prix algérien de la fondation Nourredine Aba. Elle vit aujourd'hui à Montpellier.

Paru dans Le Livre de Poche :

DES RÊVES ET DES ASSASSINS

L'INTERDITE

JE DOIS TOUT À TON OUBLI

MES HOMMES

MALIKA MOKEDDEM

La Désirante

ROMAN

GRASSET

ISBN : 978-2-253-16422-7 – 1re publication LGF

C'étaient de très grands vents sur toutes faces de ce monde,
De très grands vents en liesse par le monde, qui n'avaient d'aires ni de gîte,
Qui n'avaient garde ni mesure, et nous laissaient, hommes de paille,
En l'an de paille sur leur erre…

SAINT-JOHN PERSE, *Vents.*

Pour Rachel Kahn.

Lou

Les amarres arrière dans les mains, je repousse le quai du talon, en écarte le bateau, remonte les défenses, exécute en automate tous ces gestes auxquels tu m'avais initiée et m'apprête, pour la première fois, à prendre la mer sans toi.

La douleur de ton absence ne vient pas me terrasser. Je ne sais ce qui m'en préserve. Un calme de somnambule m'accorde à la lente percée de l'aube. À ses lueurs qui froissent la nuit et finissent par infiltrer la mer.

Sortie du port, je jette un œil incrédule vers ses lumières qui déjà pâlissent, m'en détourne sans regret, hisse la grand-voile, largue le génois, arrête le moteur. Au travers, *Vent de sable* glisse avec allégresse, cap sur Ajaccio. Ma première étape.

Soudain, ta longue silhouette se profile dans la pénombre entre mât et haubans. Là où tu aimais te poster pour contempler l'étrave en train de fendre l'eau, inspecter l'état de la mer, le galbe des voiles, leur tension. Cette vision de toi en figure de proue ne dure qu'une seconde. Le temps d'un rappel à l'évidence. Que puis-je espérer retrouver d'autre sur des flots plus lointains ? Le désaveu de ta promesse de ne pas disparaître ?

Je m'ébroue, installe le pilote automatique, rentre dans le bateau, ouvre le livre de bord. Je dois me faire violence pour ne pas relire, une fois de plus, tes dernières annotations. Sur la page encore vierge leur faisant face, j'écris : vendredi 5 juin 2009. Sortie de Port Camargue à 5 heures du matin. 15 nœuds à l'anémomètre. 10 au loch. Compas sur 114 degrés. Mer peu agitée.

Je me sers un café, ressors le boire dans le cockpit, me laisse captiver par le ruissellement des lumières à fleur d'eau, me surprends à sourire. Cette acuité recouvrée est ma première victoire sur la tristesse de ces huit derniers mois.

La bague qui orne mon annulaire droit me ramène à mon tête-à-tête avec ta mère, hier soir : « Shamsa, ma fille, j'aimerais que tu mettes cette bague. Elle appartenait à ma grand-mère. Elle te protégera. » J'ai retenu un sursaut à cette désignation inédite, « ma fille ». Par quelle réplique acerbe ou amusée y aurais-tu réagi ? Quelle remarque m'aurais-tu adressée en aparté ? Caroline a attendu que ton père sorte « pisser le nez dans les étoiles » pour me soumettre sa requête. Ils avaient dû se concerter sur le moment approprié. À son retour, Régis s'est immobilisé en haut des marches, le regard braqué sur mes mains. Son visage s'est détendu en apercevant le bijou familial passé à mon doigt.

Je n'ai pas manifesté la moindre hésitation à satisfaire la demande de Caroline. Leur peine à ton père et à elle mord sur la mienne. La charge de tout ce à quoi elle renvoie me déboussole. Quand elle ne me laisse pas K.O.

Régis et Caroline ont tenu à venir dîner avec moi à bord de *Vent de sable* la veille de mon départ. Ils m'ont préparé une profusion de madeleines, de brioches, de cakes aux différents parfums. De quoi régaler une famille entière dix jours durant. J'ai bien tenté de protester arguant qu'il serait dommage que tout cela moisisse sur le bateau.

Le regard implorant de Caroline m'a désarmée. Je me suis tue sur-le-champ.

Tes parents m'ont aussi offert des livres, du vin, mon chocolat noir préféré, un bouquet de fleurs, un joli drap de bain. Je connais bien cette propension compulsive au don, ce goût de l'abondance, censés rassurer, alors qu'ils dénoncent ce qu'ils ne sauraient combler.

Au moment des embrassades sur le quai, ton père m'a soulevée avec fougue et, réprimant son émotion, a martelé cette injonction : « La fille du soleil, toi, tu nous reviens ! » Il m'a toujours appelée ainsi, la fille du soleil. Cela me convient. Son enthousiasme répudie la part ténébreuse, indissociablement liée à l'aveuglante lumière algérienne. Je n'y entends qu'une manière élégante de désigner une fille sans famille. L'autre surnom que Régis affectionne, « la fille du désert », me heurte par sa pertinence cruelle. Je ne le lui ai jamais dit. Au reste, Régis le réserve à de rares célébrations. Lorsqu'une étincelle dans l'œil, il bride sa voix pour se délecter du lien entre mon origine et ta passion pour le Sahara : « la fille du désert et le fou du désert ». En dépit d'un début plus qu'improbable, notre amour lui avait d'emblée paru d'une éclatante évidence. Mais depuis que tu n'es plus là, sans doute ton père entend-il à son tour l'équivoque de ce surnom, « la fille du désert ». Combien de fois l'ai-je vu le rattraper in extremis, d'un brusque serrement de dents et se contraindre à le ravaler, les yeux brumeux de détresse ?

Ta mère s'est agrippée à moi : « Comme j'aurais aimé ne pas avoir le mal de mer et partir avec toi ! » A-t-elle deviné la brusque rétraction au fond de moi ? Bégayant de confusion, elle a rectifié : « Enfin, je veux dire te rejoindre là où Léo a disparu et voir. » Et elle est partie en pleurs.

Voir ? Voir quoi ? Elle reste à terre avec son mal de mère. Je pars seule sur tes traces. Loin d'eux.

Lou, j'installe ton portrait, agrandi, au-dessus de la table à cartes. Placé là, je peux te voir du coin-cuisine. De notre couchette. De tout le côté gauche du cockpit même quand je suis à la barre. Couronné de la mousse de tes cheveux blonds, le bleu intense de tes yeux a ce pétillement mi-tendre mi-narquois que j'aime tant. Tu me couves et sembles me mettre au défi de résoudre l'énigme dont tu as pris soin d'emporter tous les indices avec toi.

La disparition

Octobre dernier, je suis en train de porter les ultimes corrections à un article avant de l'envoyer au quotidien algérien auquel je collabore, lorsque le téléphone sonne. Je me précipite. C'est peut-être Léo. C'est toujours ce que je pense. Ce que je voudrais dès qu'il n'est plus près de moi. Léo a quitté hier l'île grecque de Céphalonie avant la pointe du jour à bord de *Vent de sable*. Il ne touchera la terre italienne que tard ce soir. La météo est favorable, je m'en suis assurée à plusieurs reprises et encore tout à l'heure. Mais qui sait ? Un crépuscule étourdissant en pleine mer, des ébats de baleines sur un éther incandescent, le besoin impératif de me les décrire, de m'entendre retenir mon souffle et le rejoindre dans le frémissement du désir ? Les rares fois où Léo n'est pas avec moi, il lui arrive de téléphoner en pleine nuit : « Shamsa, tu dors ? J'avais juste besoin d'entendre ta voix. »

Ce jour-là, c'est celle bien plus grave d'un inconnu parlant le français avec un fort accent italien, qui s'inquiète de mon identité, marque un temps d'hésitation avant d'annoncer :

— Je suis le *carabiniere* Lorenzo. J'ai une mauvaise nouvelle, madame…

Il dit que *Vent de sable* a été trouvé à la dérive au large du golfe de Squillace. Il précise : « tout au sud de la botte italienne ». Je réplique machinalement : « Je sais où se trouve le golfe de Squillace. » Il dit qu'il n'y a personne à bord. Je vacille sous le choc. Soudain, j'ai le sentiment d'être de nouveau là-bas sous les bombes. Ma tête explose. Je ne sais pas si je geins. Si je ne me suis pas seulement cabrée, encore une fois claquemurée dans le refus : « Je n'en peux plus des tragédies. Je n'en veux plus. » Si je pose une question, plusieurs. Si je réponds. Si c'est bien moi qui entends. C'est peut-être quelqu'un d'autre, tellement d'autres qui me rappellent à ce que j'ai déjà vécu. Ce que j'ai fui.

— Madame ?

L'interpellation me ramène aux impératifs du présent :

— La survie ?

— Le radeau de survie est dans son sac au fond du coffre arrière. L'annexe est sur le pont, dégonflée, bien arrimée, madame. Et la mer est belle…

Je les revois tous ces visages. Les traits griffés, les yeux hurlants, ils me poursuivent. Ces visages de femmes, là-bas, quand le fils, le frère, le mari, l'amant ont disparu. Qu'importe si c'est du fait des intégristes ou de l'armée, ils font mal. Si mal que je dois me cuirasser pour parvenir à les interroger : moi, je n'ai pas de mari. Pas de frère. Pas de fils. Pas de fille. Personne à enlever, à torturer, à tuer. Pas de frère. Pas de fils. Pas de fille. Pas de mari. Des dénégations édifiées en barrage contre le déferlement du désespoir.

Contre la terreur de l'Algérie défigurée par la masse des foulards, des œillères. Et voilà qu'ils m'assaillent en meute ces visages ravagés. Ils tournent, tournent, tournent et leur tornade m'aspire. Je tombe dans son œil noir. Sans fond.

La voix de l'homme me parvient étouffée, hésitante :

— Madame, y a-t-il quelqu'un avec vous ?

— …

— Ne restez pas seule ! Je rappelle dans une heure. La police française va venir vous voir…

Je suis transie. Je tremble. J'ai envie de vomir. Je vais vomir. Je cours vers les toilettes. Mes doigts serrent si fort la cuvette que je ne les sens plus. Une sueur froide perle de la racine de mes cheveux hérissés, me pique les yeux, dégouline sur mon visage, glace mes vertèbres au fur et à mesure de sa descente le long de mon dos.

Je ferme les paupières, rejette de toutes mes forces une nouvelle intrusion des visages fantômes : « Je suis en France, pas en Algérie. Pas en Algérie. » Soudain envahie par le doute, je parviens à me relever. Les membres encore flageolants, je m'extrais des toilettes. Suspendu au portemanteau, le peignoir de bain de Léo me renvoie la forme de son corps. J'y enfouis le visage. Son odeur est toujours là, dans la fibre du tissu. Elle m'imprègne. Je l'étreins, la retiens. Les battements de mes tempes, de mon cœur se calment. Mes idées s'éclaircissent.

C'est quoi cette histoire ?

Je me dirige vers le lavabo, me rince le visage, la bouche, bois un peu d'eau, consulte ma montre : 20 h 10. J'essaie d'évaluer combien de minutes se sont écoulées depuis le coup de fil.

J'en suis incapable.

L'impatience grandit lentement, me tenaille : Léo ne peut pas disparaître par mer belle, lui que le gros temps galvanise. Il ne peut pas disparaître dans ce qui est son élément, sa passion. Je m'élance vers mon téléphone portable resté sur mon bureau, écoute bouleversée le répondeur de Léo : « Lou, c'est Shamsa. Réponds-moi s'il te plaît ! Dis-moi où tu es. » Je le rappelle encore et encore. Juste pour l'entendre et conjurer le sort. Hébétée, je me résous à contacter ses parents. C'est Régis qui décroche. Tout à coup, la pensée que j'aurais pu avoir à annoncer ça à Caroline me laisse sans voix. Le ton affectueux de Régis m'encourage à parler. Je parviens à chuchoter d'une voix de ventriloque :

— Régis, Léo a un problème.

— Léo ? Rien de grave ?

Derrière lui, Caroline n'attend pas la réponse pour hurler : « Mon fils ! Qu'est-ce qu'il a, mon fils ?! » Je reste muette. Régis décide :

— J'arrive. Je suis là dans vingt minutes.

Caroline et Régis habitent Sète. Léo et moi, Montpellier. Maintenant, j'ai hâte que l'officier italien se manifeste à nouveau. Que ses homologues français viennent.

Je tressaille à la première sonnerie du téléphone, empoigne l'appareil gardé à mes côtés. C'est l'homme de la gendarmerie maritime italienne. Il s'enquiert poliment de mon état. Je le tranquillise : je suis en mesure de discuter avec lui. Régis et Caroline arrivent à ce moment-là. J'enclenche le haut-parleur. Nous découvrons ensemble le début du feuilleton policier.

Ce sont des pêcheurs de Catane qui ont donné l'alerte dans l'après-midi par un brouillard opaque comme il s'en forme souvent entre la mer Ionienne et le détroit de Messine. Tandis qu'ils s'époumonaient sur leur corne de brume, *Vent de sable* a brusquement surgi à quelques mètres d'eux. Scotchées par la mélasse, ses voiles faseyaient de façon suspecte. Il n'est pas nécessaire d'être un marin chevronné pour savoir qu'en pareil cas le génois, qui ne sert plus qu'à entraver les manœuvres, doit être enroulé et la grand-voile bordée au maximum. Moteur au ralenti, il faut alors se tenir prêt à réagir et esquiver le danger pouvant advenir à tout moment. Combien de fois Léo et moi avons-nous été pris dans cette poix ici et là ! L'oreille aux aguets, Léo se plaçait en vigie à l'avant du bateau et soufflait régulièrement dans la corne de brume afin de signaler notre présence. Fascinée, je regardais sa silhouette se brouiller, s'effacer par intermittence. Entre ses avertissements, le silence retombait comme encollé à la mer par une poisse épaisse. Vissée à la barre, je guettais du côté poupe.

Les pêcheurs durent virer sec pour ne pas éperonner le voilier. Les vagues soulevées par leur bateau firent tanguer *Vent de sable* sans que personne se montrât sur le pont. Mais la légendaire solidarité des marins n'est, hélas, plus de mise. De Trapani à Otrante et même au-delà vers la Vénétie, les *genti di mare* sont tous échaudés par les mesures draconiennes en vigueur sur ce front contre l'immigration. De lourdes amendes quand ce n'est pas la confiscation de leur outil de travail, leur propre navire : c'est le prix que nombre d'entre eux ont dû payer pour s'être portés au secours des embarcations de *harragas*, ces clandestins qui brûlent leurs papiers d'identité avant de quitter l'Afrique du Nord. Aussi les pêcheurs se gardèrent-ils bien d'aller s'enquérir de ce qui se passait à bord. Même s'il s'agissait d'un voilier battant pavillon français. Ils se bornèrent à avertir la *Guardia Costiera*.

Les recherches immédiatement entreprises en mer Ionienne ne donnent rien pour l'instant.

Tandis que l'officier italien me parle, m'interroge, je scrute Caroline et Régis. Ce dernier est aussi grand que Léo. La charpente puissante. Une longue mèche poivre et sel barre son front et l'un de ses sourcils broussailleux. Caroline a un visage de poupée. Sa blondeur et sa sveltesse lui donnent un aspect éthéré. Je vois leurs traits se décomposer. Léo est leur fils unique. Caroline sanglote. Ses gigantesques mains secouées de tremblements, Régis me fixe avec des yeux perçants. Je suis convaincue qu'un même fol espoir nous contient encore lui et moi. Apercevant mon regard captivé par l'agitation de ses doigts, Régis cède à la colère, serre les poings et les mâchoires. Comme s'il s'apprêtait à bondir sur l'invisible ennemi venu saccager nos vies. Puis désemparé, il ouvre les bras, attire Caroline. Elle vient s'y réfugier et, le visage contre la poitrine de son mari, hoquette, étrangle des cris déchirants.

Je suis encore en train de discuter avec le carabinier, lorsque mon portable sonne. Je frémis. Régis bondit, s'en empare, répond par un signe de dénégation à la supplique de mon regard et grogne avec une moue de déception :

— La police française.

Puis, s'adressant à l'interlocuteur : « Elle est au téléphone avec les Italiens. Je suis le père de Léo Lang… » Tournant et gesticulant dans le salon, Régis a droit, lui aussi, à un long questionnaire au bout duquel il confirme l'adresse de notre maison à Léo et moi-même avant de conclure : « D'accord, nous vous attendons. »

J'explique à l'officier italien que Léo et moi avions navigué du 20 juillet au 30 août dernier en Grèce. Nous y avions laissé le bateau. L'un des amis de Léo, Bertrand, devait le remonter jusqu'à Port Camargue. Malheureusement, Bertrand était tombé malade une douzaine de jours avant la fin de ses vacances. La crainte d'un problème chirurgical lui avait fait regagner Paris de toute urgence. Or, Léo et moi projetions de partir pour un tour du monde, au début de l'été suivant. Nous avions donc besoin de préparer le bateau à ce voyage d'au moins deux ans. L'hiver et le printemps n'étaient pas de trop.

Divers articles et une traduction me retenaient à Montpellier quand Léo a pu enfin se libérer. Aussi est-il parti pour la Grèce sans moi, avant-hier 24 octobre. J'avais promis de le rejoindre dès que possible. Il m'avait appelée dans la soirée de Céphalonie. Il quittait l'île avant l'aube. Restée seule, j'avais mis à profit ces deux jours pour travailler d'arrache-pied, boucler les articles en chantier. Quant à la traduction qui m'occupe depuis un mois, j'avais décidé de l'emmener avec moi. Les traversées m'inspirent. Quelle entrave pouvait longtemps résister à l'envie de retrouver Léo et *Vent de sable* ? Ce matin, j'avais réservé un billet d'avion pour Reggio de Calabre demain 27 octobre.

J'étais impatiente de l'annoncer à Léo lorsqu'il m'aurait téléphoné cette nuit. Son arrivée au port de Reggio était prévue entre 22 et 23 heures.

Je décide de ne rien changer à mon programme. J'irai à Reggio comme prévu. J'en informe le *carabiniere*. Régis décrète :

— Je t'accompagne.

Et se tournant vers sa femme, il devance sa demande :

— Non, toi, tu dois rester. Tu sais bien que le déroulement de l'enquête nécessite la présence de l'un de nous ici. Il faudra certainement que tu entreprennes des démarches. Que tu nous envoies des papiers. Que sais-je encore ?

Caroline pleure de plus belle. Le *carabiniere* Lorenzo me demande de l'appeler dès notre arrivée à Reggio, au numéro déjà inscrit sur mon portable. Il me garantit qu'il rappellera aussitôt, s'il y a du nouveau. À peine ai-je raccroché qu'on sonne à la porte.

Trois hommes en uniforme. Après un moment de malaise face à notre désarroi, ils s'installent et entreprennent de nous interroger. Léo aurait-il pu être tenté de disparaître de son plein gré ? Régis s'insurge contre cette idée : Léo et moi sommes si amoureux, si pressés de partir pour un tour du monde en bateau. Tout plaide contre cette insinuation. D'un air navré, le plus âgé des flics soutient que la vraisemblance ne prouve rien. En cas de mythomanie ou de détermination à brouiller les pistes, on peut se trouver confronté à toutes sortes de mises en scène.

Nous les assiégeons à notre tour de questions auxquelles ils ne peuvent répondre. L'une des leurs nous semble d'une telle incongruité, tant elle est étrangère à la nature de Léo, que nous protestons en chœur : non, non, il n'est pas déprimé. C'est tout le contraire. Léo est l'incarnation de la joie de vivre. Il n'a aucun problème financier. Il dirige le C.N.R.S., il est le fils unique d'une famille fortunée. Récemment, au décès de sa grand-mère, il a reçu un tel héritage…

Les policiers finissent par s'en aller. Caroline, Régis et moi restons là à épier la conspiration des téléphones. Quatre. Pas moins de quatre. Tous méchamment muets. Et nous, en proie à l'effroi. Quand le sursaut de l'espoir nous redresse, nous l'étayons tour à tour avec force arguments. En vérité assez fumeux.

Vers trois heures du matin, Caroline s'assoupit assise, recroquevillée sur son malheur. J'ose enfin formuler à l'adresse de Régis l'évidence qui, dans le chaos du moment, s'est tout de même frayé un chemin dans mes pensées. Je ne vois pas comment Léo aurait pu abandonner *Vent de sable* de sa propre volonté. Indemne. Un traître coup de bôme sur la tête me paraît peu probable en la circonstance. Un faux pas, une glissade qui l'aurait projeté à la mer ? Peut-être, s'il y avait encore du vent et que, toutes voiles dehors, le bateau avançait suffisamment vite pour que Léo ne puisse le rattraper, s'accrocher à la jupe, s'y hisser et remonter à bord. C'est arrivé à d'autres grands marins. Mais par ce temps-là ? J'en doute. Et puis son corps aurait déjà été retrouvé. Ma seule certitude, c'est que Léo n'était déjà plus sur *Vent de sable* au moment du grand calme de la brume. Il aurait enroulé le génois, bordé au plus serré la grand-voile et mis le moteur en marche pour être manœuvrant.

Plus j'avance dans l'exposé de ces déductions, plus les yeux de Régis sont exorbités d'épouvante. Lorsque je me tais, il clôt les paupières et, le visage déformé par un rictus, acquiesce lentement. Une crampe me retourne l'estomac à cet assentiment. Absorbée par mon travail, je n'ai fait que grignoter sur le pouce en fin d'après-midi. J'ai tout rendu une heure plus tard, au moment du coup d'assommoir. Cet état de jeûne sans faim aggrave ma nausée.

Aucun de nous n'a même songé à proposer un verre de vin.

Régis décide de faire un saut à Sète le temps de prendre des vêtements de rechange et une trousse de toilette. Ce départ que j'attendais avec tant d'impatience, le voilà mué en cauchemar. Et dire qu'à longueur de journée cette perspective m'avait insufflé un regain d'énergie. Elle m'avait aidée à me concentrer, à relire méticuleusement les articles avant de les envoyer par courriel. Ensuite, je m'étais replongée dans ma traduction en attendant le moment propice pour plier bagage : l'heure de mon rendez-vous au téléphone avec Léo. Un double plaisir en avant-goût de nos retrouvailles. J'aurais savouré sa joie à l'annonce de ma décision. Et je me serais endormie blottie dans nos conciliabules. Une voix inconnue en a décidé autrement.

Dès lors, une valise devient plus appropriée que le grand sac souple qui se plie facilement, se range n'importe où dans le bateau sans encombrer. Mais le moindre réajustement me coûte. Tout me coûte. Je saisis quand même le sac, me remets à trembler. Ma vue se brouille. Ces larmes qui enflent en moi, je les bloque aussitôt. Pleurer, ce serait admettre que Léo est mort. Pas de larmes, non. Elles n'ont jamais été pour moi. Ni silencieuses ni bruyantes.

Je me braque, fourre quelques habits dans le sac. Les premiers venus. Puis, j'entreprends d'étaler sur notre lit, ce lit dans lequel je ne dormirai pas ce soir, une pléthore de photos de Léo. Le visage démultiplié de l'homme que j'aime occupe la surface entière de notre lit. Son expression, sa décontraction déclinent la joie, l'allégresse, l'indolence, l'insolence, la drôlerie. Soudain ma mine défaite se trouve désavouée par cette sorte de rendez-vous intemporel qu'il déploie sous mon regard. C'est si étrange de me sentir déplacée face à Léo.

J'éprouve le plus grand mal à choisir quelques portraits à emporter.

Caroline se réveille vers 5 heures. Pliée en deux par un lumbago, elle se remet aussitôt à pleurer. Régis prépare du café et des tartines, nous force à nous alimenter. Je réserve son billet, change le mien en un aller-retour. Notre vol est à 9 heures 30 à Marseille. Il nous faut abandonner Caroline et filer au plus vite vers Marignane.

Nous avons à peine démarré que Régis contacte l'une des meilleures amies de sa femme pour lui demander de s'occuper de Caroline. De faire venir un médecin.

Les traits fermés, le corps rendu encore plus massif et puissant par la crispation, Régis conduit en silence. Effondrée sur le siège voisin, je suis de nouveau obsédée par les visages de là-bas. Ces visages de femmes meurtries par des disparitions et errant comme des damnées entre bureaucrates et journalistes. Des visages sans corps. Tous confondus en une masse de calamités et d'obsessions. Et la procession lugubre des foulards juste derrière. Est-ce ce vide terrible en moi qui m'offre, de nouveau, en pâture à leur cohorte opiniâtre à guetter la faille, la brèche par où s'engouffrer ? Oppressée, j'ouvre la fenêtre, pense à cette partie de la mer où *Vent de sable* a été retrouvé sans Léo. À tout ce qui y passe. Je me cabre, colle les pieds au plancher de la voiture et le dos contre le siège. Un éclair de lucidité me traverse : je dois de toute urgence avertir Simon, ami et bras droit de Léo au C.N.R.S. Je ne le réveille que pour l'assommer avec l'immonde nouvelle.

Lou

Te souviens-tu de mon angoisse lors de mes premières traversées avec toi ? Il m'était impossible d'envisager de m'endormir, ne fût-ce qu'un moment, sans te voir endosser un harnais. J'avais si peur qu'à mon réveil tu ne sois plus sur le bateau. Tu essayais de me raisonner. Tu avais toujours navigué en solitaire jusque-là. Et quand bien même une météo tranquille te prêtait un ultime argument : par ce temps, si tu perdais l'équilibre et que tu tombais, tu crierais. J'ai le sommeil léger. Tu n'aurais pas touché l'eau que je serais déjà sur le pont. Et les manœuvres pour récupérer un homme à la mer n'avaient plus de secret pour moi. Tu y avais œuvré en priorité.

Je n'en démordais pas. Plus tu ergotais, plus ma panique devenait abyssale. Tu n'avais pas tardé à comprendre la complexité de cette appréhension. J'avais été abandonnée à ma naissance dans une Algérie violente. La vie m'avait rompue à la bataille, acculée à une lucidité à double tranchant. Et voilà que soudain, je me trouvais aux prises avec la hantise de te perdre, toi, et sa double signification : la réalité de l'amour qui avait enfin pris corps avec cette intensité-là et la menace qu'il me fût arraché.

Avant toi, je n'avais rien à perdre.

Après les tergiversations du début, tu t'étais plié de bonne grâce à mon intransigeance. Tu me laissais t'attacher à *Vent de sable* avec ce sourire pas peu fier qui me délestait du ridicule de mes gestes. Rassurée, j'allais m'allonger sur une banquette du carré pour te garder en point de mire et cédais enfin au sommeil. Une heure plus tard, lorsque j'en émergeais, je savourais les remous de l'eau sur la coque du bateau, le bruissement du vent. Je te voyais absorbé par un livre, scrutant les voiles ou la mer. Nulle part ailleurs, je n'avais ressenti cette plénitude. L'impression d'avoir enfin trouvé ma place dans ce berceau flottant entre deux rives. Une coque de plastique pour des amours bercées par les blues de la Méditerranée.

Ce n'est pas tant la maîtrise des manœuvres et l'assurance qu'elle octroie que ma passion grandissante pour la navigation avec toi qui avait fini par avoir raison de mes craintes. Ce bateau est devenu le lieu du huis-clos amoureux à l'épreuve de l'infini. Notre *Vent de sable* c'est tellement ça. Tellement nous que, depuis ta disparition il y a huit mois, je ne pouvais plus le regarder sans coup au cœur. Sans me sentir mutilée. Sais-tu que je suis restée deux mois sans aller au port ? Je ne percevais plus en *Vent de sable* que l'instrument de ta perte.

Mais il me manquait terriblement. Et peu à peu, je me suis mise à m'en vouloir de le délaisser. Ce voyage à ta recherche est aussi une façon de me réconcilier avec *Vent de sable*, de ne pas le laisser dépérir, de l'impliquer dans ma première traversée seule. De reprendre son vent dans ce but.

« Mer calme », as-tu noté sur le livre de bord juste avant de disparaître. Je prends le large et je te parle. Je te parle parce qu'à mon tour, je dois te convaincre que tu ne peux pas disparaître en Méditerranée sans que je sois capable de te retrouver. Je te parle parce que ton absence m'enchaîne à ce bateau plus solidement qu'aucun harnais. Je te parle parce que pour la première fois le manque a un corps, le tien. Je te parle pour que la mer te rende à moi. Je te parle parce que je te veux vivant. Je te parle de *Vent de sable*, ce grand vent qui de nouveau m'emporte. Avec ma propre détermination cette fois.

Lorsque je me tais, c'est ta voix que j'entends dans la clameur des vagues. Tout mon être se tend vers toi. Et c'est la mer qui me traverse. Bleu après bleu. Bleu du matin saturé par mes rêves de te rejoindre. Bleu de tes yeux au réveil, encore brouillés de sommeil, et l'instant d'après leurs feux lorsque, ensemble, nous parvenons au zénith du désir. Bleu des cernes dont ton absence fane mes paupières. Bleus du mal de toi.

La dernière phrase que tu m'aies dite au téléphone : « Rejoins-moi vite » me tient et me guide.

La douleur de tes parents touche un point aveugle de ma sensibilité. Si ma relation avec Régis est encore plus profonde, toujours retenue, les manigances, les suspicions, les débordements de ta mère me dérangent. M'encombrent, ses maladresses comme ses attentions. Je me surprends souvent à étudier les variations de son mal avec une curiosité de prédatrice. À l'observer, j'apprends au plus près ce qu'est la souffrance d'une mère. Alors mon trouble, mes reculades, mes contradictions et mes rebuffades m'insupportent encore plus. Nous n'avons jamais été intimes elle et moi. Il aura fallu que tu disparaisses pour qu'elle s'autorise à m'appeler « ma fille ». C'est ce qu'elle a fait de nouveau ce matin au téléphone. À l'aube, juste avant que je largue les amarres : « Fais bien attention à toi, ma fille ! »

La côte à peine disparue, je ne suis pas mécontente de voir mon portable afficher « sans réseau ».

L'enquête

Il est 14 heures lorsque Régis et moi quittons l'aéroport de Reggio après y avoir loué une voiture. Je téléphone au carabinier Lorenzo avant de prendre la route. Il n'a rien de plus à me révéler que lors de mes premiers appels de Marseille puis durant le transit par Rome : « aucune nouvelle de Léo Lang ». *Vent de sable* a été convoyé par les soins des garde-côtes. Il est rentré au port dans la nuit. Lorenzo nous y donne rendez-vous et demande que nous l'attendions pour monter à bord : « Les besoins de l'enquête », croit-il devoir me préciser.

Régis se laisse choir sur le ponton. Les pieds dans le vide, le dos affaissé, il fixe hagard le bateau de son fils. Je tourne fébrilement autour de la coque, l'examine, explore le pont sans rien y distinguer de particulier. « Madame ! » Je sursaute à cette voix que je reconnais, me retourne. Je n'ai pas vu venir le carabinier Lorenzo. Brun, des yeux de fouine, petit, sec, il me serre la main et me présente le malabar qui l'accompagne : « Jacomo. » Régis nous rejoint, les salue. Nous montons tous à bord de *Vent de sable*.

Mon cœur bondit. Je m'arrête interdite face aux coussins du carré en vrac sur la banquette bâbord, aux matelas dressés de guingois au-dessus des couchettes.

— Qu'est-ce qui vous choque ? interroge Lorenzo attentif à mon comportement.

— Ce chaos. C'est vous qui avez fait ça ?

Non, le bateau aurait été trouvé dans cet état. Alors c'est que Léo a cherché quelque chose dans chaque coffre avant de… Avant quoi ? Il n'a même pas eu le temps de réajuster les banquettes. Soudain, tous les peut-être qu'à longueur de nuit Régis, Caroline et moi avons jetés à la mer, comme autant de bouées de sauvetage, acquièrent une force surprenante. Je me précipite vers la table de navigation, interroge le parcours de *Vent de sable* porté sur la carte. L'ultime position pointée s'inscrit par : 3850N-1710E, plutôt au nord du golfe de Squillace. Je la montre à Régis : « Ce n'est pas si loin de la côte ! » gronde-t-il dans mon dos. Je reste hypnotisée par le livre de bord ouvert à proximité de la carte. J'y lis et relis le dernier relevé à la date d'hier : « 12 heures. Distance parcourue 175 miles. Compas sur 280 degrés. Mer calme. » Un cri de révolte monte en moi. Lorenzo lève les bras au ciel :

— Moins de trois heures entre cette note et le signalement du bateau à la dérive. Nous avions tout un long après-midi devant nous et par mer belle, nous aurions dû retrouver monsieur Lang vivant ou mort, s'il était tombé à l'eau. Quelque chose ne colle pas !

Le corps secoué de rage, je désigne le désordre du bateau et éclate :

— Pourquoi ne m'avez-vous rien dit de ça hier soir ?!

Lorenzo hausse les épaules. Il a vu pire. Lorsqu'un voilier donne de la gîte, tout ce qui n'est pas solidement arrimé verse d'un bord à l'autre. Et pendant les traversées, certains navigateurs solitaires ne se privent pas du chic de mettre l'intérieur de leur bateau sens dessus dessous. Ils ouvrent les coffres pour récupérer les focs, les tourmentins, des cordages, des outils sans s'inquiéter, par la suite, d'enchâsser coussins ou matelas. Ils parent au plus pressé. Le vent, les vagues n'attendent pas. Redoublant de vigilance surtout par des mers de grande circulation comme celle-ci, les marins sont le plus souvent rivés entre cockpit et pont. Ils se nourrissent à la hâte. Leurs vaisselles débordent de l'évier. Ce n'est qu'à bon port qu'ils se soucient de ranger, de laver. Harassés mais comblés, ils se prêtent alors à ce rituel de l'arrivée avec une lenteur enfin déconnectée : remettre le bateau en ordre, le dessaler, se dessaouler eux-mêmes de l'ivresse de la traversée et domestiquer le mal de terre.

Je n'ignore rien de tout cela. Sauf que les voiles de *Vent de sable* sont sur enrouleurs. Et surtout Léo n'a pas affronté de gros temps. La météo et ses propres annotations concernant le parcours de *Vent de sable* le confirment. La cuisine rangée et nettoyée en fournit une preuve supplémentaire. Et Léo a pu lire tout son saoul.

Que cache le tohu-bohu du carré et des couchettes ?

Avec un brin de méchanceté dans le regard, Lorenzo m'avoue :

— Je n'avais pas tout dit parce que je voulais étudier vos réactions.

L'acuité sans merci du limier m'aurait rassurée si le livre de bord ne captivait toute mon attention. Je ne cesse de revenir aux derniers mots de Léo, « mer calme » puis mon regard s'effare de nouveau du capharnaüm de *Vent de sable*. Il semble avoir essuyé une tempête.

— Est-ce que quelque chose d'autre vous paraît anormal ?

J'essaie de me calmer, m'avance, inspecte : les draps roulés en boule et rejetés au fond de la couchette tribord arrière, celle que nous occupons habituellement. Léo a lavé et rangé les ustensiles de cuisine, les assiettes et les couverts de ses repas. Seule reste dans l'évier une tasse au fond de laquelle une trace de café asséché dessine une arabesque. Léo avait emporté le gros volume réunissant les romans maritimes de Jack London, l'une des lectures favorites de son adolescence, qu'il se réjouissait de reprendre. Ce tome est appuyé de face, la quatrième de couverture contre les livres de la bibliothèque. Le marque-page qui en dépasse indique que Léo en a dévoré la moitié. Le second jeu de clefs, toujours conservé à bord, bien en vue, suspendu à ce crochet, a disparu. Je me laisse tomber sur le siège de la table à cartes. Régis vient m'enlacer :

— Où range-t-il ses papiers ?

Je lui indique le casier à proximité du pupitre. Le portable et le portefeuille de Léo sont là. Jacomo arrête Régis qui s'apprête à fouiller :

— Pour les empreintes. Elles ont été prises mais on ne sait jamais… Rien ne manque, ni les papiers du bateau, ni les pièces d'identité et cartes de crédit de votre fils, ni sa propre clef du bateau. Mais l'argent est introuvable. Or, monsieur Lang a retiré 3 000 euros avant de prendre l'avion à Marseille. Ça vous semble normal ?

Léo n'a pas pu dépenser cet argent en trois jours. Certes, à Fiscardo, il m'avait dit qu'il irait dîner « Chez Tassia », un fameux restaurant où nous ne manquons jamais de nous rendre lors de nos passages par Céphalonie. Là, il a pu éprouver l'envie de payer en espèces, dans une sorte de révérence concrète et immédiate au chef. Mais pour le plein de fuel et tout le reste, pourquoi n'aurait-il pas utilisé sa carte bleue, comme d'habitude ? Quant au règlement du séjour de *Vent de sable* au port, Léo ne pouvait s'en acquitter que par chèque. Débarqué à Fiscardo le soir, après la fermeture de la capitainerie, il n'aurait certainement pas laissé du liquide dans une enveloppe glissée dans une boîte aux lettres. Par la suite, il a été en mer deux jours et une nuit. Et ce ne sont pas deux ou trois « ventrées de spaghettis », seules gâteries susceptibles de le consoler un temps de mon absence, qui auraient ruiné sa bourse. Lorenzo confirme que Léo a bien laissé un chèque pour le séjour du bateau à Fiscardo.

C'est Jacomo qui reprend l'exposé des détails en leur possession. Depuis son départ de Montpellier, Léo n'a joint par téléphone que trois personnes. Dans l'ordre : moi, Bertrand, l'ami qui a dû abandonner *Vent de sable* à cause d'une probable crise d'appendicite, puis Mansour, un bon copain tunisien qui possède un gros bateau de pêche. Léo n'est pas un accro du téléphone. Ses parents s'en plaignent souvent. Peut-être a-t-il eu besoin d'un document ou d'un instrument que Bertrand n'avait pas remis à sa place ? Je vais m'en assurer. Mansour, nous le contactons lorsque nous abordons sa zone de pêche. Il ne rechigne jamais à venir nous rejoindre en compagnie de Nabil, l'un de ses marins que nous adorons, et à nous régaler de crabes, de langoustes, de gambas et autres délices de la mer. Nous nous donnons rendez-vous dans la crique de l'une des îles tunisiennes ou même, parfois, en pleine mer lorsque l'état de celle-ci le permet. Nos bateaux bord à bord, nous les laissons alors dériver le temps nécessaire aux baignades et au festin. Cette tentation aurait-elle germé dans l'esprit de Léo en cours de traversée ? Cela me paraît peu probable. Ces dernières années, la crainte de voir poindre une coque de noix bondée de *harragas* nous écarte de plus en plus des détroits de Sicile et de Malte. Du reste, un tel rendez-vous aurait exigé un grand détour. Léo n'a pris que huit jours de congé. Nous projetions plutôt de nous arrêter en cours de chemin à Vulcano, à Ustica, puis vers les îles au nord de la Sardaigne et en Corse. Mais je me renseignerai auprès de Mansour. Jacomo m'informe qu'il a déjà entrepris des démarches de ce côté-là. Il attend, d'un instant à l'autre, le rapport de la police tunisienne.

Régis et moi devons accompagner Lorenzo et Jacomo à la *caserna dei carabinieri*, afin de continuer l'entretien et de signer nos dépositions. Nous sommes en train de suivre leur voiture lorsque Caroline téléphone. Ce n'est guère que la cinquième fois depuis que nous l'avons quittée ce matin. Elle est devant deux agents de la police maritime de l'Hérault qui désirent consulter l'ordinateur de Léo et le mien. Je donne mon consentement et autorise Caroline à mettre à leur disposition tous les papiers qu'ils jugeraient nécessaires à l'enquête. Régis demande à sa femme de s'écarter d'eux un moment et s'emploie à la réconforter. Abasourdie, je l'entends lui suggérer avec une force de persuasion tout à coup recouvrée :

— Je ne vois pas notre fils tomber de son bateau et se noyer par beau temps. Si *Vent de sable* allait trop vite pour qu'il puisse le rattraper, il aurait rejoint la côte à la nage. À son rythme. Il n'en était pas si loin. Et il a de l'endurance. C'est tout à fait dans ses cordes. Son bateau est en désordre, mais il n'a pas été volé. Je ne vois qu'une explication à cela. C'est que cette fortune flottante n'est que menu fretin aux yeux des ravisseurs de notre fils qui visent le jackpot. Oui, oui, Léo est vivant. Il a été enlevé. Dans ce cas, ces vauriens ne vont pas tarder à se manifester et à exiger une rançon. Tenons-nous prêts à ça ! Il faut que tu ailles avertir notre banquier, Pietra Santa, que nous aurons certainement besoin de débloquer une grosse somme dans les jours à venir. Surtout pas un mot sur ce sujet à quiconque.

Je n'en crois pas mes oreilles. La surprise me fait lâcher l'accélérateur. Je me penche vers Régis et le dévisage. Il acquiesce vigoureusement et darde sur moi un regard si résolu que j'en reste coite. Voilà donc à quoi il se raccroche depuis la visite du voilier de son fils.

Je ne sais que comprendre de la disparition du second jeu de clefs et du chaos du bateau. Quant à l'argent envolé, il a pu être dérobé à Léo avant qu'il n'embarque. Il est tellement distrait. Né dans l'aisance, Léo méprise toute ostentation et n'a de goût que pour la simplicité. Aussi, l'existence de prétendus ravisseurs supposerait que ceux-ci connaissent sa famille ou qu'ils aient enquêté et fini par en savoir long sur sa fortune, sur des legs tenus secrets. Auquel cas, je ne vois vraiment pas pourquoi ils auraient attendu que Léo soit sur une mer lointaine pour le kidnapper. Ils le pouvaient tout à loisir et à moindres frais à Montpellier même. En tout cas à terre. Je ne crois pas non plus à l'hypothèse de pirates en maraude sur cette mer. Les trafics en tous genres et autres contrebandes suffisent à la réputation de ce goulot d'étranglement de la Méditerranée. Mais, pour le moment, je me garderais bien de saper cette espérance qui dope Régis. Quant à moi, je suis trop anéantie pour parvenir à démêler un fil d'espoir du magma de mon inquiétude.

— Avez-vous des frères qui pourraient s'en prendre à votre compagnon ? interroge à brûle-pourpoint Lorenzo avant de s'asseoir derrière son bureau.

Mon rire fuse avec la même nervosité que ma réponse :

— Oui, sept, tous intégristes.

Régis tend le bras vers moi, pose une main sur la mienne et corrige calmement mon propos. Il explique que je n'ai aucune famille là-bas. Que j'ai été recueillie quelques heures après ma naissance par des sœurs blanches en Algérie et élevée dans leur orphelinat. Que je suis devenue journaliste. Que jusqu'en 1997, j'ai dû me rendre sur les lieux des massacres pour enquêter, rédiger des articles contraires aux allégations des barbus. Contraires même à celles des potentats du régime militaire. Il dit que la terreur a fini par me faire fuir l'Algérie comme tant d'autres.

Songeur, Lorenzo hoche la tête et garde les yeux sur Régis un long moment. Comme si son propos recelait un mystère qu'il tentait de percer. Il ne détache enfin son regard que pour le reporter sur moi et persifler :

— La police française vient de m'apprendre que vous êtes la bénéficiaire de l'assurance-vie de Léo Lang. Et quel magot !

La stupéfaction et la gravité de l'accusation me terrassent. Abasourdie, je me tourne vers Régis. Il acquiesce. Oui, il le sait. Puis, toujours avec cet aplomb reconquis, c'est lui qui rétorque au carabinier :

— Shamsa l'ignorait. Mon fils ne tenait pas à l'embarrasser. Il ne l'a pas dit à sa mère non plus. Shamsa aurait bénéficié de toute la fortune de mon fils si elle l'avait désiré. Léo tenait tellement à ce qu'ils se marient. Il aurait volontiers fait rédiger un acte notarié de donation au dernier vivant. Du reste, il n'a pas renoncé au projet d'en convaincre Shamsa. Et j'espère qu'il y réussira.

La voix de Régis se casse. Après un raclement de gorge, il parvient à grogner son exaspération :

— S'il vous plaît, ne perdez pas de temps en fausses pistes !

Lorenzo se détend sur son siège et plaisante à mon intention :

— Pas même un amant jaloux ?

Cette question achève d'irriter Régis qui lâche ma main, s'arc-boute, prêt à sauter sur Lorenzo. Derrière nous, le grincement d'une chaise repoussée indique que Jacomo se prépare à intervenir. Pour ma part, je ne me sens même plus capable de réagir, de tempérer la fureur de Régis. Ma consternation s'est peu à peu muée en sidération.

D'un geste apaisant, Lorenzo admet qu'il n'ignore pas combien tous ces poncifs, avec lesquels il vient de nous charger, peuvent nous paraître inopportuns voire agressifs. C'est son devoir de creuser dans toutes les directions. Choquer, déstabiliser et surprendre procèdent du B.A.-BA d'une enquête.

Avec plus d'égards, il s'inquiète de l'éventualité d'une disparition préméditée et théâtralisée par Léo lui-même. Régis lui répète ce que nous avons dit sur le sujet à ses homologues français. Lorenzo finit par nous confirmer que Léo a bien eu Mansour au téléphone hier matin. Il lui a demandé s'il était en mer. Mansour était retenu à terre par une cérémonie familiale. C'est son associé qui avait accompagné leurs pêcheurs. Les policiers tunisiens ont vérifié ses déclarations. Quant à Bertrand Simonet, il se trouvait à l'étranger lorsque Léo a tenté de le contacter. Comme il n'avait pas laissé de message, Bertrand n'a pas jugé urgent de le rappeler sur le moment. Il ignorait que Léo était en train de ramener *Vent de sable* vers son port d'attache. Et seuls Régis, Caroline et moi avons essayé de téléphoner à Léo après l'annonce de sa disparition.

Lorenzo ne nous cache pas que cette affaire le préoccupe au plus haut degré. Après un moment de réflexion il ajoute que ce matin, les chiens n'ont pas reniflé de trace de drogue dans les coffres…

À cette estocade, Régis se tape la cuisse et me jette un regard plein de commisération, semblant dire « balivernes ! ». Mais il ne souffle mot de la thèse de l'enlèvement. Lorenzo opine lourdement du chef pour nous signifier le poids de ses soupçons. La région est le point névralgique de tant de trafics illicites. Tous les corps de la police italienne sont en état d'alerte permanente. Et pour nous prouver la célérité de ses brigades, Lorenzo brandit un exemplaire du jour d'*Il Quotidiano della Calabria* où figure une photo de Léo, prise parmi celles trouvées à bord de *Vent de sable*. Un bref article relate les conditions de sa disparition et se termine par un avis de recherche.

Je dépose sur le bureau de Lorenzo les portraits de Léo que j'ai emportés. Il les observe attentivement avant d'en choisir deux. Régis signe la déposition que Jacomo a saisie en silence et bondit de son siège, irrité, impatient de quitter les lieux. Je fais de même et, tournant le dos à Lorenzo et Jacomo, j'essaie de me convaincre de la sagacité et de la diligence de cette brigade. Mais une phrase de Lorenzo ne cesse de cogner dans ma tête : quelque chose ne colle pas ! Ça oui, quelque chose ne colle pas !

Lou

Les voiles de *Vent de sable*, albatros géant, te cherchent dans le feu du couchant. Les vagues me soulèvent la poitrine et pressent leur bousculade.

Lors de nos traversées, ces célébrations dionysiaques nous tenaient en haleine. Peau contre peau. Seule la fraîcheur du soir nous ramenait à l'obligation de nous couvrir. Ce n'est que vers minuit, une heure du matin, que nous parvenions à nous arracher l'un à l'autre. Le moins fatigué prenait en charge la navigation et demeurait là, à sonder la nuit en vigile. Nous convenions des quarts, de deux heures chacun, afin de nous reposer tour à tour. Moi qui ai horreur de me lever tôt, je réclamais toujours celui de l'aurore. L'autre moment sublime en pleine mer. Tu me le concédais mais ne te privais jamais de me rejoindre. Enlacés, nous admirions encore ce spectacle digne d'un songe.

Après cette journée qui inaugure ma navigation en solitaire, je me prépare à la longue veille qui m'attend. Et dans les ténèbres qui peu à peu m'enserrent, me revient le sortilège de la toute première fois où j'ai mis le pied sur ce bateau.

Le monde avait changé de siècle mais la mer était toujours la même. Ce jour de mai 2000, j'étais encore à la regarder. Juste de l'autre côté. Comme je le faisais là-bas. La terreur en moins. J'avais arpenté la plage du Grand Travers une partie de ce samedi après-midi. Elle n'a rien de particulier, si ce n'est qu'elle n'est pas bétonnée. Que j'en aime le nom, Grand Travers. Je me sentais tellement délabrée. J'avais tellement besoin de toucher le sable, de l'éprouver. Je m'y étais jetée, enfoncée, comme à mon habitude. Et comme d'habitude, son contact m'avait restituée à moi-même.

Alors, je m'étais levée, ébrouée. Puis j'avais marché pieds nus dans le sable. Longtemps.

Il faisait si beau que les bleus de la Méditerranée resplendissaient. J'achevais de reconquérir mes repères dans la gloire de leurs rayonnements. La vue de voiles blanches voguant au large me donna soudain envie de m'aventurer plus loin. D'aller découvrir Port Camargue. « Le plus grand port de plaisance d'Europe », annonçaient pompeusement divers prospectus. Après deux années et demie d'errance à travers la France, il y avait six mois que je m'étais établie à Montpellier. Il me restait beaucoup à découvrir de cette belle région.

Au premier abord, Port Camargue s'était révélé bien décevant. Des immeubles clinquants aux appartements pour la plupart fermés. Une cité abandonnée, hors saison, à des hordes de chats sauvages et malingres. Auxquels, bientôt, il pousserait des écailles tant ils convoitaient, avec l'avidité des affamés, la seule pitance qui frétillait encore dans les eaux mazoutées du port. Autour de celui-ci des marinas plus cossues, mieux entretenues, avec leurs vedettes amarrées en face de terrasses fleuries, apportaient enfin les perspectives attendues de farniente et de joie de vivre.

Le port est effectivement immense, tentaculaire. À regarder cette multitude de bateaux vacants que seule agitait, de loin en loin, une onde venue de l'avant-port, plus fréquenté, une expression m'avait traversé l'esprit : « réseaux dormants ». Là-bas, on désigne ainsi les cohortes d'intégristes, humiliés ou miséreux, englués dans le bourbier de systèmes véreux mais qu'avec un sou et trois slogans n'importe quel émir de pacotille pourrait réactiver, les transformant en bombes humaines. Ici, ces milliers de bateaux amarrés représentent un tel potentiel stagnant, qui ne demande qu'à s'élancer à la conquête des jouissances de la côte. Ou des lointains. Une couche épaisse de coquillages encroûtait les coques, alourdissant leur glisse. Elles étaient vouées au piquet depuis des lustres.

Après avoir déambulé autour de cette flottille, j'avais atteint le grand quai où s'alignaient les bateaux les mieux lotis. Ceux qui, de toute évidence, semblaient bénéficier d'égards assidus. Toujours tenus fin prêts à naviguer. L'un d'eux m'arrêta. Non qu'il fût le plus grand ou le plus somptueux, mais parce qu'il s'appelait *Vent de sable*. Au premier contact avec des lieux, des gens, mon attention entreprend d'abord et toujours d'en explorer les noms, leurs secrets, leurs résonances. Et tout ce que celui-ci évoquait en moi se trouvait exacerbé par cette apposition : *Vent de sable* en grandes lettres indigo sur la coque blanche d'un bateau, de l'autre côté de la mer. J'étais là à me demander quel souvenir, quel attachement ou quel hasard avait dicté cette appellation, lorsqu'une voix d'homme s'extasia à mes côtés :

— Il est beau, n'est-ce pas ?

Contrariée par l'intrusion du badaud dans ma rêverie, je marmonnai sans le regarder :

— Il s'appelle *Vent de sable*.

— Je ne pouvais pas le baptiser autrement. Vous êtes de là-bas. En avez-vous vécu, des tempêtes de sable ?

Je me retournai et je te vis, grand, blond, avec tes yeux de saphir éclatant, torse nu. Désarçonnée, j'avais hoché la tête et, jetant un œil vers le voilier, découvert son capot ouvert.

— J'en étais sûr ! t'étais-tu alors exclamé, satisfait d'avoir d'emblée deviné mon origine.

La tentation de te fuir, de t'écarter de mon chemin m'avait effleurée. Mais je demeurai sans voix. Je n'avais plus envie de comprendre les motivations du nom de ton bateau. C'était à l'intérieur de moi que se déchaînait ce vent-là brouillant mon entendement. Et mon regard demeurait captif de la parade des lettres indigo.

L'expression de mon visage, la persistance de mon mutisme trahissaient-elles la profondeur de mon trouble ? Il ne t'en fallait pas davantage dans la douceur de cet après-midi de mai, devant ton *Vent de sable* flambant neuf, pour te trouver ramené, toi aussi, au Sahara. Et tandis que tu me parlais de ton amour pour lui, en dépit de l'accident qui avait failli t'y coûter la vie, d'autres voix se superposaient à la tienne qui me rappelaient une tout autre histoire de voyage, de désert, de sable et de vent.

Un jour, tu avais emprunté une piste du Tanezrouft réputée hostile car sans point d'eau. Propulsé par le geyser de poussière qui jaillissait sous tes roues et aspiré par l'infini des regs, des ergs et des hamadas, tu n'avais pas vu le piège des barkhanes, ces petites dunes en forme de croissant qui se déplacent au gré des vents. Ta voiture s'était envolée. Trois tonneaux plus loin, tu étais encore en vie. Mais avec les deux jambes brisées et nombre de contusions.

Incapable de bouger, tu avais passé plusieurs jours interminables à espérer que d'autres fous du désert ou des méharistes se hasardent par là. Seules les pertes de connaissance t'arrachaient parfois à la douleur et à l'angoisse. Tandis que la quatrième ou cinquième nuit – tu ne t'en souvenais plus exactement – se retirait, lors de l'un de ces accès de lucidité durant lesquels tu scrutais désespérément l'horizon, tu avais vu le lever du soleil s'obscurcir et compris qu'une tempête de sable allait déferler, amenuisant encore ta chance d'être sauvé.

Hâve, tu avais fini par te résigner à l'idée de la mort. Et parce que tu aimais tellement la vie et le vent de sable, ton délire fiévreux se mua en consolation : c'est ce vent-là qui emporterait ton dernier souffle. Son sable te fermerait les yeux sur ces solitudes que tu chérissais tant. Ses oraisons te pleureraient.

Ce fut dans les plus fortes rafales de la tempête que tu entendis des voix. Tu avais d'abord cru à des hallucinations, jusqu'à ce que des mains expertes en premiers soins te touchent, celles de caravaniers. Ils avaient aperçu la carcasse de ta voiture, juste avant que la tourmente n'efface tout, et s'étaient précipités dans ta direction.

Au lieu de t'achever, le vent de sable t'avait secouru. C'était ce que tu aimais à te répéter tout au long du périple de la caravane vers le plus proche rebouteux. Ce n'est qu'après plusieurs jours d'abandon à des savoirs ancestraux et au réconfort de nomades, qu'un camion de passage t'avait conduit vers un hôpital de fortune d'où tu avais pu enfin avertir tes parents et organiser ton repli sanitaire.

Pendant que tu me racontais cela, une voix claire entremêlait un autre récit du désert au tien, celui de mon histoire : tapi dans l'obscurité, quelqu'un avait épié le chargement d'un camion en partance pour Oran. Aux premières lueurs du jour. Lorsque le chauffeur et son graisseur étaient enfin montés dans le véhicule prêt à quitter Aïn Dakhla, celui ou celle qui se cachait à proximité m'avait déposée à l'arrière du camion, bien calée dans un couffin. Un papier glissé entre les plis de mes langes, au niveau de ma poitrine, disait : « Elle est née dans la nuit. Sauvez-la s'il vous plaît. »

Si à plusieurs reprises un épouvantable vent de sable avait malmené le camion durant toute la traversée du désert, il ne l'avait pas retardé. Sa poussée en soutenait régulièrement l'avancée. Elle compensait le poids du chargement et les décélérations fréquentes dues au manque de visibilité.

Les deux voyageurs ne s'étaient arrêtés qu'au sortir de l'aire du vent de sable. Avant de se lancer à l'assaut des crochets ardus de l'Atlas. Ils étaient en train de déguster un thé à la menthe lorsqu'ils entendirent un faible vagissement. Ils scrutèrent les alentours à la recherche de quelque chevreau abandonné par un troupeau ou d'une petite bête blessée. Ne transportant que des denrées alimentaires, ils mirent du temps à se rendre compte que la plainte provenait de leur camion. Saisis par le spectacle qu'ils y avaient découvert, ils s'étaient bien gardés de me toucher. Complètement recouvert de sable, le couffin ressemblait au tumulus d'une petite tombe de laquelle seul émergeait mon visage. Est-ce la clémence ou les superstitions engendrées par cette chose surréelle – ainsi transportée par un jour de grand vent à travers le désert, les steppes des Hauts Plateaux et les flancs abrupts de l'Atlas – qui guidèrent ces hommes vers une communauté de sœurs blanches dont ils connaissaient l'existence à Misserghine, près d'Oran ? Ils s'y étaient rendus expressément. Ils dirent seulement : « Elle est de Aïn Dakhla à mille kilomètres d'ici, dans le désert, au pied du Grand Erg Occidental. »

Les femmes de foi avaient toutes accouru et étaient restées longtemps ébahies, elles aussi, devant l'étrange apparition. Les plus ferventes s'étaient mises à prier quand, fixant mon visage, la simplette Marie s'écria : « On dirait le soleil quand il sort du sable dans le désert avant la lumière. Je l'ai vu, tu te rappelles sœur Anne ? » C'était le soir et sœur Anne, l'une des plus âgées de la congrégation, avait décrété : « Le soleil avant la lumière… On va l'appeler Shamse, Soleil, comme ça sa vie va se lever aussi et *Inch'Allah*, la lumière lui viendra. »

La volonté qui avait tenu à m'éloigner du désert bouleversait ces âmes mystiques. Son mystère les lança dans une surenchère de légendes toutes plus pathétiques les unes que les autres. « Il faut plutôt la surnommer Vent de sable », plaisanta l'une d'elles. M'extrayant du couffin et des langes, sœur Dominique examina longuement mon corps bleui avant de s'enquérir : « Dans le désert, on dit bien d'une brune la Bleue ? *Zarga*, n'est-ce pas ? Ça pourrait être son prénom. — Tous les bleus à l'âme qu'elle gardera sa vie durant ne lui suffisent donc pas ? Serais-tu en train de devenir sadique, sœur Dominique ? » gronda une voix révoltée à l'arrière du groupe. Il s'en est fallu de peu qu'elles ne m'affublent du sempiternel Shéhérazade. Au prétexte que mon épopée à travers le désert, et jusqu'à leur refuge de Misserghine, avait tout l'air d'un conte. Le premier d'une autre survie. Un déferlement de prières vint éteindre la cacophonie : « Doux Jésus fasse qu'elle puisse grandir et parcourir encore mille contes plus heureux. » Rectifiant quelque peu la proposition de sœur Anne, Blanche suggéra à son tour : « Plutôt Shamsa que Shamse, oui, Soleil et au féminin, n'en déplaise à tout ce qui a motivé qu'elle soit expédiée aux antipodes de ses origines un jour noir de vent de sable. Un jour de soleil exilé. Mais pour l'instant, ne restez pas là à bêtifier, remuez-vous. Cette petite est déshydratée ! Elle a les narines pleines de sable. Je me demande bien comment elle parvient encore à respirer ! »

Blanche finissait toujours ainsi son récit : « Tu as beaucoup toussé enfant. Beaucoup. Beaucoup. Les médecins disaient allergie. Les sœurs répétaient que c'était le sable. Tu devais en avoir jusqu'au fond des poumons. Et pour la vie... Ma foi, lorsque je vois le beau brin de fille que tu deviens, je remercie le Seigneur d'avoir exaucé nos prières. Ce prénom te va si bien. Pas Shamse, Shamsa, oui, Dieu me le pardonnera, j'ai osé mettre Son emblème au féminin. »

À force d'entendre « sœurs blanches », dès mes premiers balbutiements, j'avais à mon insu renommé Blanche, la sœur Bernadette qui s'était prise d'un fol amour pour moi. Avec le temps, j'avais compris combien ce prénom lui seyait, à tous égards. Au reste, comment aurais-je pu prononcer le mot sœur ? Mais ça, je ne le savais pas encore. Les « sœurs », je ne les appelais jamais que par leur prénom. Elles ne s'en offusquaient pas. Parmi elles, Blanche était mon ange gardien, qui mettait tant de vigilance à ce que mon enfance dans l'orphelinat ne soit ni plus démunie ni plus cruelle que celles des autres enfants, dans leurs familles.

J'avais un peu moins de quatre ans lorsque je découvris la plage pour la première fois. Tandis que les autres pensionnaires de l'orphelinat se ruaient ensemble vers l'eau avec des cris de joie et de crainte mêlées, j'entrepris d'effleurer, de caresser, de palper le sable sous le coup d'une fascination muette. Avant de m'y allonger, toute pénétrée du besoin de m'y lover au plus profond. Blanche qui m'observait en fut troublée. Elle vint vers moi et, dissimulant son émoi derrière cette bonté volubile qui la caractérisait, elle se mit à m'en recouvrir. Les mains jointes en sablier, elle le faisait s'écouler sur moi. Nos rires se répondaient. Je me souviens encore de ma délectation quand Blanche eut fini. La tête et le corps moulés dans le sable, je savourais la douce tiédeur de son giron. Je n'ai pas oublié le regard embué de Blanche qui continuait à me fixer.

Blanche prit l'habitude de m'emmener souvent à la plage. Seule. Afin que notre rituel ne soit pas dérangé par les ingérences ou récriminations des autres enfants. Mais elle avait attendu que j'atteigne sept ou huit ans avant de m'avouer, un jour qu'elle venait de me couvrir le corps de sable : « C'est comme ça que tu nous es parvenue dans ton couffin. » La surprise me redressa. Pleine de confusion, je lançai la première objection qui me vint à l'esprit : « Mais il n'y avait pas la mer ! » Blanche m'opposa : « Il y avait un autre espace bien plus grand. Un espace de silence, de sable, et ce vent démoniaque pour t'accompagner. Tu as parcouru mille kilomètres en un jour. Au premier jour de ta vie. Tu es une fille des grands espaces. » J'avais jeté un regard inquiet vers les horizons marins, essayant de deviner l'immensité de ce désert qui m'avait vue encore innommée et déjà partie. Puis mon attention s'était reportée sur Blanche dont la soudaine gravité témoignait de l'importance qu'elle attribuait à son aveu. Je n'étais pas certaine d'en avoir compris ni le bien-fondé ni la portée. Mais d'étranges sensations remuaient tout au fond de moi en écho à ses prédictions.

Plus tard, je me poserais souvent cette question : étais-je une fille des grands espaces ? Je n'en savais toujours rien. Mais parce que je ne me sentais appartenir ni à ces « sœurs » vouées à Dieu ni à celles, ô combien plus nombreuses, qui subordonnaient leur existence à la famille, parce que leur quotidien aux unes comme aux autres m'étouffait, j'avais gardé l'habitude de courir vers la Méditerranée. Pour faire le vide. Le miroir des eaux chassait mes hantises, effaçait mes inquiétudes. Tant d'années à me tenir juste au bord du ressac, à part, tout entière dans le souci de humer la brise du large, d'éprouver la solitude dans le murmure de la mer comme dans ses colères. De rêver l'amour et la vie comme dans les livres.

Lou, je ne t'avais raconté l'histoire de mon vent de sable que beaucoup plus tard. Mais le jour de notre rencontre, perplexe face à la durée de mon silence, et à cette sorte d'absence qui m'avait détournée de toi, tu avais hésité un moment avant qu'une brusque inspiration vienne ragaillardir le timbre de ta voix : « Aimeriez-vous visiter *Vent de sable* ? »

La déroute

Régis prend le volant. Je téléphone à Mansour, en vain. Je le suppose en mer. Je laisse un message sur son répondeur comme sur celui de Bertrand. Simon est le premier à se manifester. Tout le staff de Léo se presse autour de lui : Margot, Kader, Sylvia et Marc. Murmures d'affliction, sursauts d'encouragements mutuels.

Vent de sable est « la pièce maîtresse de l'enquête ». Mais que Régis et moi ne puissions remonter à bord ne nous empêche pas de nous précipiter vers lui dès que nous quittons le bureau des carabiniers. Échoués côte à côte sur le quai, nous avons les yeux rivés sur lui. Tenus en haleine par la peur de manquer l'instant où il pourrait enfin nous délivrer son secret. Accablés par l'incompréhension.

Un gars nous épie qui fait mine de bricoler je ne sais quoi, ici et là sur un ponton. Un flic à n'en pas douter. Ceux-là, j'ai appris à les débusquer là-bas, en Algérie, lorsque je menais des investigations parallèles qui ne pouvaient se satisfaire des versions officielles sur les tueries. Un sentiment de dérision et d'horreur m'envahit : qu'est-ce que c'est que cette mascarade ? Où est Léo ? Comment l'envisager vivant ? Je me représente son corps emprisonné par un filet de pêche, par quelque autre obstacle et flottant entre deux eaux. L'image m'arrache un gémissement. Régis se tourne vers moi. Sa main s'empare de la mienne. À son regard douloureux, je le devine en proie aux mêmes affres.

Posés entre nous sur le quai, nos portables demeurent inertes. Deux galets. Interceptant mon regard, Régis m'explique :

— Caroline s'est endormie.

La lassitude du voyage, des interrogatoires, du manque de sommeil, du jeûne prolongé – Régis et moi avons encore oublié de manger ce midi – rien ne vient à bout de l'attente muette qui nous visse là. Seule la nuit, qui pèse peu à peu sur les mâts et les haubans avant de se répandre sur la digue, finit par nous chasser.

Je regarde avec désolation la route qui mène du port vers le centre-ville, maintes fois empruntée à pied avec Léo. Tard le soir lorsque ivres de mer nous montons cette côte à la recherche d'un restaurant. Nous n'avons aucun penchant pour Reggio. Ce chef-lieu de la Calabre n'a jamais été pour nous qu'une étape dans le détroit de Messine avant la mer Ionienne vers la Grèce, la Turquie. La mer Tyrrhénienne dans l'autre sens, en direction des îles Éoliennes. Poussés par la nécessité de refaire provision de fuel et de vivres, nous n'y séjournons que quelques heures. Une nuit tout au plus.

D'un commun accord, Régis et moi décidons de quitter la ville pour le bord de mer, plus loin. Nous avons besoin d'affronter les eaux ioniennes, de les sonder.

L'hôtel est superbe. Mais par cette nuit sans lune, la mer n'est qu'un gouffre noir, hanté par le grondement du ressac. Régis et moi sommes encore dans le hall lorsque mon portable sonne. Affligé, Bertrand dit qu'il sort d'une réunion et me débite à son tour ce que les flics nous ont déjà rapporté. Puis, il m'assaille de questions sur l'enquête. Comprenant qu'il ne peut m'apporter aucun éclaircissement sur le motif de l'appel de Léo, je perds patience, deviens laconique. Il s'éternise : ai-je besoin de lui ? Il viendrait volontiers. Il se sent un peu responsable… Je n'ai pas d'atomes crochus avec Bertrand. Léo le sait. Il ne lui propose la jouissance de *Vent de sable* qu'en relais à notre propre usage. Bertrand était arrivé seul le 31 août, le jour de notre départ de Grèce. Son amie et un couple de copains devaient le rejoindre le lendemain. Nous avons déjeuné ensemble sur une plage. De retour sur le bateau, Léo lui a donné quelques instructions succinctes. Bertrand connaît bien *Vent de sable*. Léo et moi l'avons quitté dans l'après-midi.

Je marche dans le hall en discutant avec Bertrand, me retourne fréquemment vers Régis, bloc de nerfs, et ses yeux où gronde tout ce que ce taiseux retient. Il est si contracté, suspendu à mes paroles, que je m'empresse de raccrocher :

— Bertrand ne sait jamais rien. Qu'est-ce que je pouvais attendre de ce faux-cul ?

Du moins ma hargne a-t-elle le mérite de désamorcer, pour un temps, la tension qui habite Régis. Il sourit.

Après une douche prise en toute hâte, je retrouve Régis à la terrasse du restaurant de l'hôtel. Les avant-bras appuyés sur la table, les mains nouées en un seul poing, le visage aimanté par le large, il a l'air d'un sphinx. Léo tient de lui sa carrure, son ossature robuste. De sa mère, la blondeur.

À peine installée en face de Régis, je recompose le numéro de Mansour et me fige à sa voix. Il vient d'essayer de me contacter chez moi. L'amie de Caroline lui a dit que la mère de Léo dormait sous l'effet du calmant administré par le médecin. Que Régis et moi étions partis pour Reggio. Mansour ne parvient pas à admettre cette histoire de disparition. Pas dans ces conditions. Léo lui a téléphoné hier matin pour lui demander sa position. Mansour était à terre. Léo n'a rien dit de particulier et Mansour, en pleine cérémonie familiale, était tenu à la brièveté. Mais un détail de ce bref échange lui revient en mémoire. Plus il y pense, plus il en est certain. La voix de Léo n'avait pas son timbre habituel. Mansour hésite un moment sur le qualificatif approprié avant de trancher :

— Tu sais comme elle est, sa voix… solaire ! (Mansour rit soudain comme libéré par cette trouvaille qui rattache Léo à mon prénom.) Eh ben… là, elle était plutôt sombre. Ça n'a pas fait tilt sur le moment. C'est seulement après avoir quitté les policiers, tout à l'heure, que…

Lorsque je dépose le téléphone sur la table, Régis est en train de tordre nerveusement sa serviette :

— Pourquoi ne nous a-t-il pas appelés, toi et moi, s'il avait une inquiétude ? Pourquoi n'a-t-il pas lancé une alerte radio, s'il avait perçu un danger ?

Que puis-je répondre ? Régis détourne sa fureur vers la mer. À présent que nos yeux se sont habitués à son obscurité, nous parvenons à distinguer sa masse d'encre luisante. Chaque fois qu'au loin des lumières de navires s'allument, je me dis qu'ils sont à la recherche de Léo. Mais ils finissent par se noyer dans les ténèbres et je suspends mon souffle. Seul persiste le fracas des rouleaux qui labourent la mer, frappent les rochers.

Ce soir, nous nous forçons à manger pour étouffer l'angoisse et les questions qui nous rongent. Parfois, l'un de nous s'abîme dans la magie noire de la mer. Surpris par l'autre, il se renfrogne et repique le nez dans son assiette. Au bout d'un long moment, Régis repousse son plat et bougonne :

— Léo a quitté plusieurs femmes parce qu'elles n'aimaient pas naviguer. Parce qu'elles étaient jalouses de tout ce temps où la mer le leur volait. Maintenant, c'est elle qui se montre exclusive avec toi, avec sa mère et moi.

Il a pointé un visage rageur vers le large en prononçant « c'est elle qui… ».

— Tant qu'on n'a pas retrouvé son corps, il est vivant. D'accord ? Peut-être que la mer n'y est pour rien !

J'ai haussé le ton, plus péremptoire que lui tout à l'heure, lorsqu'il soutenait à Caroline la thèse de l'enlèvement. Le visage empreint de découragement, Régis acquiesce. Sa déréliction accroît ma douleur et dénonce mes défauts. Je ne fais que râler. Contre tout. Pourtant Régis me manifeste tant d'affection. Il a ces gestes de solidarité, d'attention que j'ai toujours réprimés, censurés. Là-bas, lorsque j'arrivais sur les lieux de massacres, les gens pleuraient, s'étreignaient, se soutenaient. Moi, je posais des questions. Je les harcelais, attentive à ne pas me départir de la lucidité, de l'objectivité indispensables à l'appréhension de la complexité des drames. J'étais là, sur mes gardes, à traquer avec cette obstination féroce les faits, uniquement les faits, la vérité. Comme si cette désespérance, cette déchéance ne faisaient pas partie de l'exécrable vérité de notre quotidien. À l'évidence, c'était ce que je soupçonnais des liens familiaux – tout ce dont j'étais démunie – qui me gardait en retrait. Cependant jamais je n'avais perçu, par-delà les stigmates du désarroi ou de la terreur, une once de griefs ou de ressentiment à mon endroit. C'est que nous étions les mêmes, tour à tour vaincus et orgueilleux dans la tour de l'indicible. Et des liens se tissaient, inconscients, qui nous aidaient à tenir, à rire aux éclats et faire la nique à la mort.

L'empathie, je ne pouvais l'exprimer que dans mes articles et dans ma ténacité à aller jusqu'au bout des enquêtes. Hélas, je n'ai pas pu en élucider beaucoup. Cependant je ne lâchais jamais prise sur les histoires de disparitions. Elles sont si nombreuses en Algérie. Je les conservais dans des chemises et dans les coins de ma mémoire. Ainsi, à enquêter sur autrui, j'occultais ma propre histoire. Mais aujourd'hui, atteinte à mon tour dans ce que j'ai de plus cher, je n'ai plus guère de défense.

Régis nous ressert du vin. Nous sommes un peu éméchés et bien mal en point, tous les deux. Il se met à me raconter l'enfance de son fils, ses débuts en bateau. J'en connais tous les détails de la bouche de

Léo lui-même. Mais l'évocation de sa découverte de la navigation, le ton rauque de Régis qui se mêle aux grondements de la mer me réconfortent.

C'est en Bretagne en compagnie de son grand-père maternel que Léo avait appris à naviguer. Dès sa petite enfance, il attendait avec impatience de pouvoir retrouver le bateau et le grand-père. Si la complicité que le vieil homme et Léo cultivaient était à l'origine de cet engouement, celui-ci s'était vite métamorphosé en passion autonome. À partir de l'adolescence, Léo partait déjà seul ou avec des copains sur le voilier que le grand-père, si fier de le tirer vers une ascendance de navigateurs de renom, lui avait offert.

Régis est un indécrottable citadin. La mer, il ne l'a jamais regardée que du rivage, lorsqu'il s'accordait quelques jours de repos. Quand le besoin de retrouver Léo l'exigeait. Il avait appris à vivre avec la frustration et le dépit que lui infligeaient les absences de son fils. Alors, il s'ingéniait à compenser leurs séparations par des moments de forte intimité. Rien ne lui plaisait tant que d'emmener Léo découvrir les grandes villes du monde : New York, Londres, Saint-Pétersbourg, Le Caire, Istanbul, Sydney… Régis conclut avec une note de satisfaction :

— Son grand-père lui a instillé le goût de la solitude et de la mer, moi, celui des terres lointaines, des hommes de l'ailleurs.

À la mort de son grand-père, Léo avait hérité de sa superbe goélette en bois. Elle avait une fière allure mais était moins rapide et exigeait beaucoup plus d'entretien que les bateaux modernes. Pour ne pas causer un chagrin supplémentaire à sa grand-mère maternelle, Léo avait attendu son décès pour se séparer de ce bateau. Il n'avait pas plus de goût pour les courses au large que pour les régates côtières. Il ne concevait la navigation que déconnectée des activités de compétition qu'il qualifiait de « parasites. ».

Léo n'était en possession de *Vent de sable* que depuis une semaine lorsque nous nous étions rencontrés. Il avait décidé de délaisser les eaux du Nord pour celles, plus accueillantes et riantes, de la Méditerranée.

Lou

Tu sais combien j'aime guetter l'approche de la terre lors des traversées. Portées par la brise, des bouffées de maquis précèdent l'apparition de la Corse. Elles surprennent alors que l'horizon est encore vacant. Autre présage, cet oiseau harassé qui vient de se poser sur le pont. Plumes hirsutes, il semble lutter pour ne pas tomber d'inanition. J'effrite une brioche dans une assiette, la dépose sur le rouf avec une petite tasse d'eau et me recule avec précaution. Il convoite l'offrande un long moment avant de trouver la force de s'avancer à petits pas chancelants. Et, mine de rien, le voilà en train de picorer.

Il se passe beaucoup de temps avant que je n'aperçoive une écharpe de brume au large. Au-dessus d'elle percent peu à peu les cimes des montagnes. Puis toute la chaîne émerge, impose ses chevauchements de bleus et de mauves, déferlante immobile dans les miroitements de la Méditerranée. Requinqué, l'oiseau s'élance dans sa direction. Je le regarde partir à tire-d'aile et tremble à mon tour sous l'effet d'émotions ambivalentes. Comment nier, contenir ma satisfaction d'avoir accompli l'exploit d'une traversée solitaire ? J'ai envie de te crier : pouce !

Ces deux dernières années, il t'arrivait souvent de me suggérer : « Il faudra que tu le fasses, traverser sans moi quand des tâches me retiendront à Montpellier. Avec une bonne météo… Je te rejoindrai par avion. » Je n'étais pas dupe. C'étaient moins d'éventuelles contraintes professionnelles que la perspective de m'élever au rang de navigatrice à part entière, qu'il te plaisait d'envisager. Après six années de ton enseignement intensif, je pouvais y prétendre sans risques. Je te répondais : « Chiche ! » Mais l'irrépressible envie d'être ensemble au milieu de la Méditerranée toujours en reculait l'échéance.

Cette fois, c'est fait. Alors, je voudrais que tu m'attendes sur le quai. Je suis née d'une tombe de sable. La mer est mon désert. Toi, mon port d'attache.

Je me sens rêche. Je ne me suis pas fait traîner par le bateau, ce plaisir auquel nous aimons nous livrer à tour de rôle. Au plus chaud de la journée, j'ai seulement éprouvé le besoin de me verser des seaux d'eau de mer sur la tête. Chaque fois, mon corps a séché instantanément. Il en reste maculé de sel. À ce constat, les paroles de Blanche me reviennent à l'esprit, y résonnent étrangement : « Tu étais couverte de sable. Tu es une fille des grands espaces… » Et l'analogie s'établit alors entre ces deux sortes de rites initiatiques. Lors du trajet à travers le désert, on m'a expédiée au plus loin, de façon à me priver de toute chance de retrouver, un jour, quelque renseignement que ce soit sur mes géniteurs. Tandis que ta perte ne me laisse d'autre choix que de coller à tes traces, de fouiller les eaux. De retourner la mer, s'il le fallait. De vaincre ce silence, cette ignorance où me tient ta disparition.

Ma raison vacille lorsque le doute me gagne.

Mon départ d'Algérie relevait d'un autre ordre. Les raisons qui m'y avaient forcée participaient de ces exodes qui déplacent des populations entières. Le pays était devenu inquisiteur, sanguinaire. Et même si les intégristes avaient une prédilection pour les journalistes et les écrivains (« ceux qui pêchent par la plume, périront par le sabre »), ils étaient tellement plus nombreux les croyants, les miséreux, adultes et enfants, à périr sous cette folie meurtrière. Les femmes n'avaient plus aucun chic, aucun chien. De méchants foulards les encagoulaient. Ainsi fagotées, elles ressemblaient à des macchabées en attente d'inhumation. Il n'y avait plus aucune sœur blanche à Misserghine. « Ils » avaient assassiné l'évêque d'Oran, Monseigneur Claverie, et les moines de Tibehrine, tentant de ruiner aux yeux des survivants le moindre reliquat de diversité ou d'altérité.

Pas de navire, pas de danger alentour. Je saute à l'intérieur de *Vent de sable*, prends une douche à la va-vite, m'enduis de crème hydratante et ressors avec le sac du spi. La brise change avec l'orientation de la côte. Du près serré, je suis passée au largue, puis grand largue. Je peux hisser le spi et m'émerveiller à le regarder déployer son arc-en-ciel sur l'azur de la mer.

Je contourne enfin les îles Sanguinaires et, vent en poupe, fais une entrée magistrale dans la baie d'Ajaccio. Je t'imagine m'observant depuis la corniche. Peut-être avec des jumelles. Avant que je puisse te lancer les amarres et sauter dans tes bras.

L'intense trafic de la baie me ramène à la réalité. Mon exaltation retombe. Ta disparition, la panne de l'enquête, ce silence depuis huit mois, me rendent encore plus cinglée que les attentats en Algérie.

Un gars du port vient m'indiquer l'un des emplacements inoccupés. Je lui précise que je ne reste qu'une nuit. *Vent de sable* amarré, j'allume mon portable, y trouve un message de ton père et un texto de ta mère. Je les rappelle. Leur joie de me savoir à bon port, la première depuis si longtemps, me disculpe d'exprimer la mienne. D'un ton enthousiaste, je leur raconte par le menu ce qu'ils aiment entendre des traversées : les bancs de dauphins qui m'ont fait cortège, la bonite pêchée à la traîne hier matin, juste avant que je ne perde la côte de vue. Comment je m'en suis régalée à mes trois repas : d'abord en sashimis. Puis grillée. Enfin les tranches que j'avais d'emblée mises à mariner. Le poisson-lune et l'énorme tortue croisés. Non, je n'ai pas vu de baleine, cette fois. Non, non, je n'ai pas eu peur la nuit, seule, en pleine mer. Oh oui, les madeleines et les brioches sont délicieuses. Et vous, comment ça va ? Rien de nouveau. Sous-entendu à ton sujet, Lou. Ils se succèdent dans un effort surhumain pour ne pas prononcer ton prénom. Ils s'évertuent même à trouver des anecdotes divertissantes à me rapporter. Ce crève-cœur !

J'ai repris des couleurs durant ces deux jours de traversée. L'enfermement, la souffrance m'avaient donné un teint blafard. Un verre de vin à la main, j'observe du cockpit l'animation de la ville. Je ne suis pas certaine de vouloir me mêler à la foule. Et pourtant, il faudra bien que j'aille acheter la presse, me dégourdir les jambes, risquer de sursauter en apercevant une silhouette ressemblant à la tienne, courir la rattraper. Pour rien.

Sans aucune certitude à ton sujet, Lou, tes parents et moi sommes devenus comme ces romanciers encore écartelés par différentes versions d'une même fiction. Ils les déclinent l'une après l'autre jusqu'à ce qu'advienne cette voix dont ils reconnaissent aussitôt l'adéquation. Celle qui les met au diapason de leur univers, imprègne l'écriture et creuse son authenticité mot après mot. J'en ai interviewé plus d'un.

Nous te mettons en récits, en demeure d'exister. Nous habitons jalousement ta disparition afin de ne pas te perdre de vue. Laquelle de nos interprétations se verra enfin frappée du sceau de la vérité ?

Attablée à une terrasse face au port, je détaille les passants et ne tarde pas à me rendre compte de la présence de cet homme qui ne cesse de se tortiller sur son siège en me reluquant. J'abandonne le spectacle du quai pour me plonger dans la lecture des journaux. Je ne suis pas d'humeur à subir la charge d'une montée de testostérone. « Sauvage ! » te serais-tu exclamé. « Sauvage », me redis-tu plus sourdement au souvenir des turpitudes qui ont marqué le début de notre relation.

Tu avais beau me plaire, c'est un euphémisme, ta richesse m'était un insurmontable obstacle. Avant toi, je ne laissais aucune chance aux nantis qui tentaient de m'approcher. Arrogante et péremptoire, je ne me posais même pas de question sur le ressort de ce rejet. Je les rabrouais : je ne suis pas à vendre. Et je tournais le dos. Sans doute parce que je ne concevais ces relations-là que cousues au fil empoisonné du fric, des traditions et des conventions.

Plongée à mon corps défendant dans le luxe de ta vie, je le subissais comme un vice qui ne pouvait manquer de corrompre notre relation. Je venais de passer plus de deux ans en France, à vivre d'expédients. C'est le lot de toutes les diasporas. Je m'en étais accommodée, soulagée d'avoir trouvé refuge loin de la terreur et des tueries algériennes. J'avais juste besoin de calme. Besoin de me retrouver. L'amour m'avait saisie par effraction, replongée dans un autre tumulte. Me pavaner du jour au lendemain dans ta fastueuse demeure, non vraiment, je ne le pouvais pas. Confronté à mon malaise, tu t'offusquais. De quoi étais-je en train de te rendre coupable ? Était-ce si rédhibitoire, une prospérité proprement acquise ? N'était-elle pas légitime ? « Est-ce que je t'accuse, moi, d'être trop belle, belle à me rendre fou ? C'est un peu du même ordre. » Je restais sourde à tes arguments. Mais *Vent de sable*, ton bateau, a d'emblée fait partie de cette rumeur intime, secrète. Sa magnificence répare quelque peu les forfaits que j'imputais à ce vent-là. La superbe avec laquelle il brave la mer, même démontée, rattrape toutes les années où je ne l'avais guère contemplée que du rivage. Tandis que le faste de ta maison me renvoyait d'emblée au statut ingrat de l'intruse, doublement étrangère. Je refusai d'y remettre les pieds. Finalement, c'est toi qui avais élu domicile dans mon petit studio, nullement rebuté par les conditions spartiates de ma vie pourvu que tu n'en fusses pas exclu. Décontenancée, je disparaissais des jours et des semaines sans t'avertir. Sans répondre à tes appels. Fuguer me permettait aussi de briser le joug de ma propre dépendance affective. Tu faisais le guet ou m'attendais patiemment chez moi jusqu'à ma prochaine réapparition.

De toute évidence, je ne pouvais ni m'embourgeoiser sans renâcler ni accepter qu'en dépit de toutes les tares dont j'affublais ta fortune, j'avais succombé à un sentiment jusqu'alors méconnu mais plus fort que tous mes refus et mes barricades. Pour fuir ce chambardement, j'emportais mon ordinateur portable et j'allais me réfugier dans les bars de Montpellier. Le brouhaha des consommateurs anonymes me protégeait de mes propres tiraillements et me permettait de travailler.

Le soir, je retrouvais un groupuscule de la diaspora algérienne, hommes et femmes esseulés. J'écoutais leurs doléances, leurs difficultés. Et la seule façon de m'y impliquer c'était encore de les écrire, d'en rendre compte dans la presse. Je vampirisais les douleurs, les dépossessions des autres dans l'illusion de quelque utilité. Cela ne m'apportait aucune quiétude, loin s'en faut. Qu'importe, j'avais besoin de plonger à corps perdu dans ce désespoir. Parce que ces êtres jetés par la terreur sur une autre rive m'étaient tout à coup plus proches que là-bas. Nous formions une horde d'expatriés sans tribu, de solitudes déplacées, livrées à la même précarité. Ceux-là connaissaient leur premier exil, alors que, moi, j'étais venue au monde exilée. De sorte que je ne saurai jamais si l'arrachement tient du handicap ou du salut.

Lorsque tard dans la nuit, éreintés, tous ces êtres déracinés s'échouaient sur des matelas juxtaposés, il semblait que seule la fraternité pouvait convenir à ces blessures encore trop douloureuses pour laisser place à d'autres sentiments. Quand le rythme apaisé de leur respiration m'annonçait qu'ils s'étaient enfin endormis, je m'asseyais sur ma couchette improvisée et scrutais les corps abattus par tant de déveines. L'envie de toi m'électrisait comme une décharge, me sommait de te revenir. Je me rencognais dans la solitude et me raillais intérieurement : « Traverser ton désert avait été fatal à tes dernières illusions. L'Algérie qui se faisait hara-kiri avait fini par te rejeter. Et que fais-tu sitôt l'autre rive atteinte ? Tu tombes amoureuse d'un fou du désert dont le bateau s'appelle *Vent de sable* ? Ce leurre ! »

Laisser libre cours à mes contradictions ne m'a jamais ramenée à plus de raison. Je suis experte dans l'art de les cultiver.

Ce fut lors d'une nuit parmi ces corps aux désirs éteints que le mien, comme s'il avait escamoté tous les leurs, me fit enjamber les endormis sur la pointe des pieds et décamper telle une voleuse à 3 heures du matin. Sitôt dehors, je courus à perdre haleine jusqu'à toi : « Qu'est-ce que tu veux me faire payer ? Et de quoi tiens-tu à te punir toi-même ? » J'avais soudé ma bouche et ma peau aux tiennes. Je ne t'ai plus quitté. J'étais enfin sortie du labyrinthe de la solitude où tant d'autres venaient de s'engouffrer.

Dès lors, tu t'étais démené pour encourager mon désir de transformer ta maison. De lui donner un caractère plus méditerranéen qui me la rendrait sinon agréable du moins habitable. Peu à peu, je m'étais prise au jeu de tout réaménager à mon goût. Au prix d'énormes travaux. Ce fut une entreprise exaltante. Au comble de la joie, tu devançais mes souhaits. La rénovation intérieure achevée, un pourtour de terrasses vint en prolonger l'aspect mauresque. Parmi les chênes verts et les micocouliers du jardin, nous avons planté un grand nombre de palmiers et même un grenadier. Et sur la pierre des terrasses, de magnifiques jarres prêtaient leur corolle au panache d'un citronnier, d'un oranger, d'un mandarinier, d'un clémentinier. Nous avons réuni là tous les agrumes de Misserghine, disposés de façon à pouvoir bénéficier de leur spectacle même de l'intérieur de la maison.

Le souvenir de Blanche me revenait dans les exhalaisons capiteuses. Et il me semblait sentir le frôlement de son habit virginal, sa présence pétulante accompagnant, encourageant mon acclimatation dans son pays d'origine. Son bagou tendre et rieur bourdonnait dans ma tête : « Te voilà comme là-bas parmi nos vergers ! » Est-ce parce que je fixais ces fruitiers avec ce regard aigu mais déboussolé avec lequel je scrutais, enfant, les yeux des orphelins autour de moi, que la voix de Blanche s'était de nouveau précipitée à mon secours ? Ce que je décelais chez ces bambins était au-delà de la tristesse et de la souffrance. Leur regard trahissait un manque sans nom. Sans fond. C'était ma première approche de la mort, cette absence qui s'incrustait si obscurément dans le vivant, qui éteignait des yeux grands ouverts, qui figeait ces enfants dans l'absence à eux-mêmes, aux autres, au foisonnement du présent. À force de chercher à en sonder les abîmes, je n'étais plus qu'un œil effaré. Un œil avide qui captait, disséquait, scrutait les différences. Une violence muette s'imprimait sur ma rétine jusqu'à me décérébrer. Je ne me sentais plus de corps. Plus de peau. Plus de cœur.

À quel hère, quelle démente devais-je ressembler pour que Blanche accourût chaque fois vers moi, me prenant dans ses bras, déposant un baiser sur chacun de mes yeux, m'obligeant enfin à rabattre les paupières ? J'enfonçais alors mon visage dans son cou. Sa coiffe finissait de le recouvrir tandis qu'empruntant un babil enjôleur, Blanche me caressait en susurrant : « En voilà de jolis pieds. Et ces jambes de gazelle. Ces mains faites pour de grandes écritures. Ce corps de fugueuse à son premier jour et qui va continuer à se sauver. À TE sauver dans tous les sens du mot. M'entends-tu ? » J'acquiesçais de la tête dans son cou. Sans trop comprendre. Sauf que son étreinte, ses caresses, la chaleur de sa poitrine me rassuraient, me calmaient, me délivraient du cauchemar de l'anéantissement, d'une autre forme de disparition.

Blanche ne tarda pas à m'éloigner du dortoir où elle venait me veiller, me lire des contes, me chanter des berceuses dont profitaient d'autres enfants qu'elle cajolait aussi, à l'occasion. Avec la complicité de la sœur qui partageait sa « cellule », elle avait fini par m'installer un lit et un petit pupitre dans un coin. La supérieure ferma les yeux sur ce traitement de faveur, cette entorse au règlement de l'orphelinat. Plus tard, à mon entrée au lycée français d'Oran, le lycée Pasteur, Blanche fut mutée à la congrégation résidant à deux pas de l'établissement, rue de Mostaganem, où j'eus le luxe de disposer d'une chambre à moi et d'une bibliothèque à l'aune de mes faims et de mes incompréhensions. Le compagnonnage quotidien des livres captivait toute mon attention, déjouait la mélancolie et me structurait. Et lorsque me parvenaient les voix des sœurs s'élevant de la chapelle, je caressais le livre que j'avais en main – souvent Kafka ou Zweig en ces années-là – et parcourais du regard les rayonnages alentour. C'était là mon église à moi.

J'avais gardé ce petit mot qui avait été glissé entre mes langes lors de ma première expédition à travers le désert. Une écriture maladroite y avait écrit : « Elle est née dans la nuit. Sauvez-la s'il vous plaît. » Les livres avaient entrepris de m'arracher à la nuit, de me sauver chaque jour. Mais ils m'éclairaient aussi sur cette singulière tangente qu'était ma propre vie. Et j'observais avec admiration et gratitude celles, encore plus marginales, de ces « sœurs » restées en terre d'islam à élever ses orphelins et soigner ses miséreux.

Lou, tu riais de mon émotion face à cette oasis, ce verger reconstitué à Montpellier. Je ne t'avouais pas que d'autres yeux les jaugeaient à travers les miens. Que la douce voix de Blanche me ramenait là-bas : « C'est ici, à Misserghine, dans les jardins mêmes de cet orphelinat, que l'abbé Clément a découvert la clémentine en 1892. Grâce à l'observation d'une greffe d'un mandarinier sur un bigaradier, oranger indien introduit en Méditerranée via l'Orient arabe. En 1902, la Société algérienne d'agriculture approuva l'appellation clémentine… »

Venant du royaume des dattes et des grenades, j'ai grandi dans les vergers qui ont vu naître et se multiplier ce fruit exquis qui offre un jus sans pareil aux saveurs charnues de l'hiver.

Les yeux attachés au bouquet des fruitiers dans leur socle de terre cuite, je revisitais les vergers de Misserghine sous la lumière chatoyante de l'Algérie. Une profusion d'agrumes, de toutes les nuances safranées, rehaussait le vernis du feuillage. Le rouge de la glèbe éclatait tout autour, se veinait d'ombres qui fusionnaient de proche en proche, coagulées par endroits en grosses ecchymoses noires.

Et quelle merveille de me remémorer les splendeurs du sol natal sur lesquelles l'acharnement du sort m'avait si longtemps aveuglée. Qu'importe les départs, les exils, seul l'amour a ce pouvoir de nous dessiller les yeux sur la beauté, où que nous soyons dans le monde.

Un jour, déclinant je ne sais quelle invitation, j'ai dit : je veux rentrer chez moi, et je me suis sentie défaillir à cette formulation. C'était la première fois que je disais cela : « rentrer chez moi ». Chez moi, c'était ta maison. L'arche de tes bras surtout. Là où nos souffles, nos rêves et nos serments s'épousaient. Là où ton amour endiguait mes angoisses, où ta joie déboutait mes doutes. Là où la mer n'était plus seulement ce mirage que je fixais du rivage en m'enfonçant dans le sable.

Avant toi, l'amour ne me semblait qu'une mièvrerie propre à faire avaler toutes les couleuvres du conformisme. Le sexe, oui. Pas les chaînes des conventions. Seule l'amitié trouvait grâce en mon cœur. Avant toi, j'avais quitté un pays et un homme. Zin était journaliste, lui aussi, marié, père de trois enfants. À vrai dire, c'était bien confortable qu'il fût père de famille. Mon quotidien était tellement accaparé par le travail. C'est avec mes collègues, amis de surcroît, que s'opéraient tous les partages. Dans cette collusion, cette confusion de toutes les préoccupations inhérentes aux contextes tragiques. Zin était l'amant. Parfaitement amant. Il me rejoignait chez moi chaque soir. Après ces journées de stress et d'horreurs, nul besoin de préliminaires pour nous faire revenir d'entre les morts. Nous étions tellement survoltés que nos corps se jetaient l'un sur l'autre, s'embrasaient. Notre transse durait des heures.

Lorsque, enfin groggy, nous nous abandonnions au sommeil, je ne tardais jamais à secouer Zin : « Réveille-toi. Il faut que tu partes. » Il n'en avait pas envie. Il voulait recommencer et s'endormir encore avec moi. Je le chassais littéralement de mon lit. Zin n'ignorait pas que j'avais déjà quitté deux hommes devenus trop possessifs. Il grognait d'une voix pleine de tendresse : « Petite macho ! »

Après son départ, je me lavais, me frottais frénétiquement, achevant de débarrasser mon corps de la poisse du jour et du souvenir de mes ébats. Alors seulement, je pouvais manger de bon appétit. Je ne l'aurais pas pu en arrivant. J'avais l'estomac tellement noué par les tragédies. Enfin rassasiée, je m'attelais à mes articles, recoupais les renseignements récoltés sur des disparitions jusque tard dans la nuit.

Un jour, je découvris que le fils d'Aïcha, l'une de ces « femmes frappées par une disparition » qui m'avait le plus touchée et qui continuait à m'obséder, était emprisonné à Aïn Dakhla, mon village natal, situé à mille kilomètres au sud-ouest d'Oran. Je m'étais mis en tête de me rendre à Aïn Dakhla. Mais pas seulement ça. Je voulais voir, parcourir tout ce foutu désert. Et pas n'importe quand : en février, saison des tempêtes de sable.

Divers mobiles pressaient la direction de mon journal à consentir à mon projet. D'autant qu'il ne lui coûtait pas un kopeck. Des informations « parallèles » nous parvenaient régulièrement sur les accointances entre le Front Polisario, que le gouvernement algérien armait copieusement, et les terroristes qu'il combattait. Des officiers du régime étaient incriminés dans cette traîtrise. La zone grise du Sahel, ce no man's land, concentrait toutes sortes de trafics : armes, kif, drogues dures, hommes en exode…

J'avais proposé d'y partir en reportage. Je tenais à arpenter ces contrées en usant de toutes sortes de débrouilles : rencontres fortuites, bon vouloir des camionneurs, des caravaniers… Le patron avait accepté, masquant sa satisfaction de n'avoir rien à débourser derrière un surcroît de recommandations oiseuses. Mes amis m'avaient traitée de givrée et, me serrant sur leur cœur, avaient soupiré : « Nous savions bien qu'un jour ou l'autre tu nous ferais ça. » Zin était fou de rage. Il était bien temps que je mette un désert entre nous deux.

Une voiture du journal m'avait emmenée jusqu'à Saïda. Aux portes des Hauts Plateaux. Là, des collègues m'avaient trouvé une personne en partance pour Aïn Dakhla. La crainte des faux barrages – dressés par des terroristes portant des tenues de l'armée algérienne – forçait les voyageurs à se regrouper. Certes, la peur n'en était pas moindre. Mais la bienséance imposait quelque retenue. Et pester, de concert, contre la calamité des sacs en plastique qui transformaient les confins du Tell en décharge à ciel ouvert servait d'exutoire à la panique.

Dès que nous abordâmes les Hauts Plateaux, je n'eus plus aucune crainte. J'étais prise à la gorge par la beauté des steppes. Je dévorais des yeux leur course sans limite vers des cieux soudain si proches et profonds. Je m'imaginais des ancêtres nomades élevant les plus belles races de chevaux. Je voyais les fantasias, les cavalcades des coursiers, leur morgue. Je respirais la poudre des cartouches tirées en l'air. Le bonheur de ma découverte avait fini par produire un effet euphorisant sur mon conducteur. Cette terre rouge et son ciel d'un bleu de guerre faisaient partie de mon parcours au premier jour de ma vie. Personne ne m'attendait au bout de cet espace minéral. Personne au bout de cette route qui filait tout droit, semblant coudre les steppes au firmament. À perte de vue.

Dès mon arrivée à Aïn Dakhla, je m'étais rendue place de la République, ancien caravansérail où se tenait, autrefois, le marché aux chameaux – place des Chameaux me semble mieux convenir à une république bâtée. Les arcades qui encadraient le vaste espace abritaient des échoppes. J'avais en poche différentes photos des lieux, religieusement sélectionnées par Blanche. La plus vieille datait du temps de la colonisation. Un cliché contemporain de ma naissance montrait les changements apportés par quelques années d'indépendance du pays : la majesté de la terre rouge, magnifiée par la nonchalance des chameaux, avait été remplacée par une végétation clairsemée et hirsute. Pétrifiée à proximité, une vieille guimbarde crachait une épaisse fumée, comme déterminée à achever de calciner ce simulacre. L'arcade que Blanche avait marquée d'une croix est là. C'est l'endroit où avait stationné le camion qui, trente-cinq années auparavant, m'avait emportée à l'insu du chauffeur et de son graisseur. Les deux hommes étaient revenus prendre de mes nouvelles à l'orphelinat un an après m'y avoir laissée. Leur présentant une photo de cette place, Blanche leur avait demandé de lui indiquer « le lieu de mon départ ». Elle n'avait rien pu glaner d'autre à mon sujet.

Je tournai autour du pilier comme une autiste, sans oser le toucher. J'essayai de l'imaginer, « Elle », la femme qui m'a mise au monde, dissimulée derrière cette arcade avant le lever du jour, le ventre vidé depuis quelques heures. Trente-cinq ans auparavant, avait-elle regardé partir le camion ? Avait-elle pleuré ou poussé un soupir de soulagement ? Elle ne m'avait pas tuée. Elle avait même imploré qu'on me sauvât. Loin d'elle. Avait-elle tremblé à l'idée qu'en dépit de toutes ses précautions je puisse resurgir un jour dans sa vie, en incarner le péché et la salir ? Elle ne m'en a guère laissé la possibilité. Pense-t-elle à moi parfois ? Elle ne me reconnaîtrait pas si le hasard nous amenait à nous croiser dans la rue. Même à Aïn Dakhla, je ne saurai rien de son visage qu'il m'arrive d'essayer de deviner à travers le mien sur la surface glacée d'un miroir. Était-elle nubile au moment de ma conception ? Avait-elle été violée ou consentante ? Qui était l'autre, l'homme ? Il est peu probable que ces deux-là aient fondé un foyer. Chacun d'eux a, certainement, une flopée d'enfants – et peut-être même des petits-enfants déjà – que je ne rencontrerai jamais. Je mentirais si je prétendais que cela me manque. On ne ressent l'absence que si elle succède à une présence. La tristesse qu'elle engendre est le revers de l'amour. Rien de cela n'existe pour moi. Un vent de sable m'a arrachée d'ici au premier jour de ma vie pour me livrer à un tout autre monde. Ma vie n'a pas été plus cruelle que ça. De déplacement en déplacement, je demeure nomade dans l'âme et garde en moi ce quelque chose qui fait que les grands espaces me dévastent.

J'avais fini par m'arracher à la contemplation morbide de l'arcade qui peu à peu s'enfonçait dans l'obscurité. Et je m'étais enfin rendue à l'hôtel tout proche de la place. C'est là que la douleur d'Aïn Dakhla avait fini par frapper à ma porte. Cette douleur des jamais qui ne laisse rien voir. Rien espérer. Rien venir, ni les larmes ni les mots ni le sommeil.

Tôt le lendemain matin, j'étais encore là, face à l'arcade de la croix. Puis j'ai marché dans le quartier environnant. « Elle » devait habiter à proximité. J'ai fouillé du regard les constructions sans grand attrait, observé les enfants qui jouaient devant les maisons, traqué en vain sur des visages quelque ressemblance avec le mien. Aïn Dakhla n'est qu'un gros bourg engourdi, pris dans la torpeur des sables qui le cernent. Et j'avais la sensation d'être un fantôme errant dans un village qui n'existe pas.

Soudain, aux confins de l'oasis, j'avais aperçu les premières dunes du Grand Erg Occidental. Elles s'élevaient hiératiques et colossales, rondes et galbées, imposant au regard leur incomparable relief. L'aridité érigée en sculpture de la volupté.

C'est le sable de ces dunes qui m'avait accompagnée dans l'exil, étreinte, enveloppée jusqu'à presque m'étouffer. Les yeux levés vers lui, j'avais frémi. Puis, je m'étais élancée. J'avais couru, couru vers ce rendez-vous inespéré. J'avais escaladé les dunes, m'y étais lovée, m'abandonnant au seul bienfait de Aïn Dakhla. Je m'étais roulée dans ce sable-là avec une joie mêlée de désespoir. Puis mon regard s'était porté sur l'infini des regs. Sur leurs pierrailles pareilles à des ossements rongés par les vents. À ma droite, les tables rocheuses des Hamadas parsemaient les horizons d'une myriade de mirages. C'était ça l'image de mes origines, un mirage. Juste un mirage. Ici, seuls les palmiers possèdent des racines.

De ce piédestal, je dominais le village. Dans la tendre lumière du matin, les houppes émeraude des palmiers foisonnaient, des haillons d'ombre encore accrochés à leurs troncs vertigineux. L'oued ouvrait ses crevasses sur un ciel trop inclément. Seules quelques flaques d'eau croupissaient par endroits.

Aïn Dakhla signifie « la source de l'entrée ». Heureux ce premier jour où j'ai quitté cette terre exilée en elle-même.

J'avais été ponctuelle au rendez-vous fixé à la prison. On m'avait tellement signifié que c'était là une autorisation tout à fait exceptionnelle que j'appréhendais qu'elle ne me fût retirée au dernier moment. Elle ne m'avait été accordée que parce que les journalistes faisaient tout un scandale autour de disparitions qui, « pour la plupart n'étaient que des mises au secret exigées par l'état d'urgence et la lutte contre le terrorisme ». Considéré comme l'un des plus dangereux activistes, Ahmed, le fils d'Aïcha, avait été éloigné, coupé de tous ses contacts. Je le vis surgir dans ce parloir délabré, assez beau garçon, le visage émacié, les yeux profonds. Il s'approcha de la grille, visiblement interloqué par ma présence :

— Mais qui es-tu ?

Je lui répondis que le chagrin de sa mère m'avait tellement ébranlée que j'avais enquêté sur son parcours de prison en prison. Que je n'avais obtenu la permission de le rencontrer que parce que j'étais journaliste. Il hocha la tête, partagé entre la colère et la peine avant de fondre en larmes :

— Comment va ma mère ?

— Elle ira beaucoup mieux de te savoir en vie. Je lui téléphonerai dès que je serai sortie d'ici.

Il bredouilla :

— Dis-lui que je l'aime.

Puis dans un chuchotement mais en ponctuant ses mots d'un ton consterné, il avoua :

— Je n'ai jamais dit à ma mère combien je l'aime.

Il baissa la tête, soudain accablé, la releva, fixa sur moi un regard plein de détermination :

— Qu'elle ne s'inquiète surtout pas. Je m'en tirerai *Inch'Allah.*

Les gardes vinrent aussitôt le chercher. Avant de disparaître, il tourna vers moi un visage dont je n'oublierai jamais l'expression et me souffla : « Merci ! » On m'avait avertie que la visite serait brève. Mais à ce point !

Dehors, le soulagement et l'allégresse d'Aïcha au téléphone chassèrent mon trouble et ma frustration.

J'avais quitté Aïn Dakhla l'après-midi. Dans les mêmes conditions qu'au premier jour de ma vie. À l'arrière d'un camion, parmi des couffins débordants de victuailles. Point de départ, la croix de Blanche. Un chauffeur et son graisseur, pleins de mansuétude, avaient accepté de bonne grâce cette toquade de journaliste. Supposant aussi qu'une trop grande proximité des corps me répugnait, l'assistant avait proposé de me céder sa place lorsque j'en aurais assez d'être secouée à l'arrière et exposée à la poussière.

Avant de partir, j'avais apposé mes deux mains, doigts écartés, sur le pilier. C'était tout ce que je pouvais partager avec l'inconnue qui m'a mise au monde : le contact rugueux du torchis d'une arcade.

Munie d'un grand chapeau, adossée aux couffins, bringuebalée par les cahots du camion, j'avais contemplé cette région somptueuse avec un regret : j'aurais aimé que Blanche soit encore en vie, que je puisse lui dire : je suis allée jusqu'à cette arcade que tu as marquée d'une croix sur ta carte postale. J'ai retrouvé le fils d'une inconnue dans mon village natal. Un terroriste m'a chargée de transmettre son adoration à sa mère. Il m'a même dit merci d'une voix… Pourquoi sa voix exprimait-elle tant de ferveur ? Blanche, j'ai pris un bain de jouvence au sommet de l'erg. J'ai fait une flopée de photos que je garderai avec celle qui porte ta croix et ce petit mot : « Elle est née dans la nuit. Sauvez-la s'il vous plaît. » Je pars pour Tindouf et Nouakchott, des milliers de kilomètres plus au sud.

Mais peut-être m'a-t-elle entendue, Blanche qui croyait en un au-delà ?

Après des découvertes scandaleuses dans les camps des Sahraouis, j'étais de retour à Alger avec un article qui fut instantanément censuré. N'était la mobilisation de tous les confrères, notre journal aurait été suspendu pour longtemps : les terroristes se fournissaient bien auprès du Polisario avec la connivence des officiers algériens. Et ce n'était pas le seul scandale de ces contrées abandonnées aux tueurs et aux truands.

Aïcha n'avait toujours pas l'autorisation de voir son fils. Mais le savoir vivant lui donnait la force de poursuivre, elle qui s'échinait à subvenir aux besoins les plus sommaires de ses autres enfants.

Je n'ai pas tardé à me rendre compte que j'étais surveillée. Un agent de la sécurité militaire, sans doute. Je crânais : « ils » ne me font pas peur. Je n'avais jamais reçu, comme d'autres confrères, de lettres anonymes ou de menaces. Mais me sentir épiée en permanence me révoltait et contribuait à me saper le moral. Je ne parvenais plus à dormir. Je passais des heures et des heures recroquevillée dans mon lit. Et lorsque enfin le sommeil me terrassait, je faisais le même cauchemar : mon erg natal était un brasier, une sorte de volcan en éruption. Des hordes de femmes entchadorées fuyaient. Elles étaient habillées de cendres et coiffées de flammes qui leur dévoraient le visage. Je criais : jetez les foulards ! Jetez-les ! Mais elles ne répondaient pas. Aspirées par un vent de panique générale, elles occultaient ce qui les menaçait immédiatement et couraient vers un salut hypothétique. Celles que je connaissais, pour avoir enquêté sur la disparition de leur proche, avaient des yeux qui crachaient déjà le feu. Je me réveillais en hurlant, mes draps trempés de sueur.

Quelque chose s'était brisé en moi.

J'avais parcouru le désert et découvert que même ses immensités n'étaient pas épargnées par la gangrène de ce pays. Mes premières exaltations et fanfaronnades passées, une énorme désillusion s'était emparée de moi. Je n'en pouvais plus de voir l'Algérie se détruire, semer la panique et la misère. Faire de ses enfants des exclus qui « tiennent les murs », des hors-la-loi ou des exilés. Du spectacle de ces femmes et de ces jeunes filles transformées en hiboux, en corbeaux. Ces mères, ces filles dont l'accoutrement contribuait à me rendre étrangère dans ce pays. Elles en avaient changé la face, adoptant le masque et les interdits de l'obscurantisme. Prostrée sur mon lit, j'avais parfois les yeux aussi vides que ceux des enfants de l'orphelinat. Tout ce qui structurait mon quotidien, ce front commun avec les collègues, les amis, la résistance par le travail, s'était défait. Le mal était protéiforme qui finissait par n'épargner personne. Par nous atteindre, nous annihiler de diverses façons.

Le corps à corps avec Zin ne parvenait plus à me décharger ni de mes tensions ni de mes obsessions. Je n'avais même plus envie de lui. Plus envie de rien. Il se lamentait : « C'est ton foutu désert. Tu n'aurais jamais dû y aller ! Il va te tuer si tu ne réagis pas ! »

À bout de nerfs et de force, j'avais secrètement effectué les démarches pour obtenir un visa. J'étais allée le retirer un matin. Le soir même, j'avais confié à Zin : « Je vais quitter l'Algérie, ce pays de dingues. — Et moi ? » Comme je ne répondais pas, il avait demandé : « Où veux-tu aller ? — Je n'en sais rien. D'abord en France, ensuite, je verrai. » Il m'avait serrée très fort et avait affirmé d'un ton résolu : « Je partirai avec toi. » Je l'avais poussé vers la porte, l'avais refermée sur lui et m'y étais adossée en refrénant mon envie de courir le rattraper. Je partais le lendemain. Je n'en avais rien dit autour de moi. Seule Zineb, une amie qui était en quête d'un appartement au centre d'Alger, plus près de son travail, avait été mise au parfum. Elle pourrait occuper le mien et s'éviter les longs trajets quotidiens par ces temps de tous les dangers.

Je partais pour ne pas disparaître à mon tour comme disparaissait mon passé. Je n'emmenai qu'une petite valise pour ne pas éveiller de soupçon aux contrôles des aéroports. Mon dernier regard fut pour les livres qui tapissaient tous mes murs. C'était là l'image du désastre des exils dans l'urgence : fuir comme une voleuse en abandonnant des textes qui m'avaient nourrie, portée, aidée à résister sans savoir si je pourrais, un jour, les récupérer. J'avais refermé ma porte sur le chagrin de cet abandon.

J'avais appelé Zin le soir, de Paris. Il était fou d'inquiétude. Il sanglota en me demandant comment je pouvais effacer quatre années si intenses de notre vie. Je ne voulais rien gommer.

Lou, lorsque je t'avais raconté ça, tu étais resté un long moment silencieux avant de plaisanter : « Zin avait raison, tu es une vraie petite macho. » Et tu m'avais serrée fort contre toi pour ne pas laisser s'emballer mon ombrageuse susceptibilité.

Exister dans l'instinct, dans l'instant de l'acte sexuel, y prendre mon dû, j'y étais habituée. L'autre avait eu sa part et basta ! J'éprouvais alors le besoin de me retrouver seule, pour une sieste ou pour la nuit. Seule dans la détente de l'assouvissement. Toi, j'ai aimé dormir dans tes bras, contempler ton sommeil ou me réveiller à l'appel de tes yeux, de ton visage penché sur moi, à l'effleurement de tes doigts. Tu étais l'Autre, différent et si proche. C'était cette différence qui m'accueillait, m'apaisait et me permettait de m'aimer un peu. Suffisamment pour te céder une place dans mon existence. Le fait que tu sois absolument étranger à ce que j'avais vécu jusque-là m'a enfin déliée, délivrée de mes inhibitions et de ma déshérence. J'ai pu m'abandonner et aborder cette *terra incognita*, l'amour. Un amour décuplé par tous ceux que je n'ai jamais vécus. Ceux que j'ai négligés ou rejetés.

Avant toi, j'étais déserte. Notre rencontre m'a rendue désirante.

Tu avais si peur que je reste « démunie » s'il t'arrivait « quelque chose » que tu t'échinais à me convaincre que nous devions nous marier. La mort, la disparition se résumaient à ces deux mots, « quelque chose ». C'était vague. Lointain. Nous avions tant de projets. À cette heure-ci, Gibraltar aurait dû se trouver derrière nous. Et sans doute même les îles du Cap-Vert.

Lou, te souviens-tu de ton exclamation lors de notre toute première traversée ? « Quelle chance que tu n'aies pas le mal de mer ! » Non, je n'ai jamais eu le mal de mer et, au fil des ans, j'ai pu mesurer à quel point c'était une veine inouïe. Mais du mal de toi ni la terre ni la mer ne sauraient me guérir.

Point mort

Régis et moi sommes à la même table qu'hier soir, sur la terrasse de ce bel hôtel qui domine la mer Ionienne. Au téléphone, Lorenzo, le policier, nous conseille, péremptoire, de nous accorder une journée de repos. Nous comprenons qu'il ne souhaite pas s'encombrer de notre présence. Et surtout, qu'il n'est en possession d'aucun élément nouveau. Perçoit-il notre déconvenue à notre silence ? Lorenzo se rengorge et, fort de ses prérogatives, susurre : « Nous avons alerté Active Endeavour, vous savez, la mission de l'ONU qui patrouille en Méditerranée. Dorénavant, l'avis de recherche est international. » Il propose que nous nous revoyions demain en fin de matinée.

Après un moment d'abattement, Régis et moi entreprenons de résumer les indices qui nous permettent d'espérer. L'indication primordiale, c'est que le corps de Léo n'a toujours pas été repêché après deux jours d'intenses recherches. Le désordre du bateau, la clef et l'argent disparus de son portefeuille nous laissent perplexes. Nous ne savons que penser des deux appels téléphoniques de Léo. Sa voix préoccupée lors du bref échange avec Mansour indique-t-elle qu'il avait perçu un danger ? Mais alors pourquoi n'en a-t-il rien dit à son ami ? Pourquoi n'a-t-il pas lancé d'appel radio ? A-t-il sous-estimé la menace ? À moins qu'il n'ait guère eu le temps de réagir, d'entreprendre quoi que ce soit.

Nous en sommes là de l'énumération de nos maigres arguments lorsque Caroline se manifeste. Elle émerge « de quatorze heures de semi-coma. Le toubib de SOS Médecins n'y est pas allé de main morte ». Régis et moi saluons de concert la perspicacité de cet homme. Caroline nous apprend que la police maritime a interrogé l'ordinateur de Léo et le mien, épluché nos deux comptes bancaires, posé nombre de questions sur notre relation et mon parcours. Simon, Margot, Kader, Sylvia et Marc, l'équipe de Léo au C.N.R.S., ont passé la journée avec les policiers, contents de se sentir impliqués, de se tenir informés.

Caroline est plus calme, ce matin. Que Léo demeure introuvable est, pour elle aussi, de bon augure. La ferveur de son incantation résume nos vœux : « Tout, tout, sauf son cadavre ! » Son amie Anne-Marie est avec elle. Elle va l'accompagner à la banque pour les démarches requises par Régis. Ensuite, elles iront s'aérer afin de ne pas laisser libre cours aux sombres pensées.

Désœuvrés et sans ressort, Régis et moi restons avachis devant la table de notre petit déjeuner. La journée qui s'annonce superbe contribue à nous serrer le cœur. La mer est étale, d'un bleu pailleté. À la vue de son miroir irradié de lumières, une idée germe simultanément dans nos deux esprits. Nous le comprenons au premier regard et, sans mot dire, nous voilà partis d'un même élan vers la voiture de location.

Plus de huit heures à explorer avec fièvre les criques, les plages, les anfractuosités des rochers du golfe de Squillace et du golfe de Tarente. À tressaillir à la vision d'une forme obscure sous l'eau pour nous rendre compte qu'il s'agit d'une masse d'algues, d'un haut-fond rocheux. À nous effrayer d'une concentration de cormorans, forcément suspecte. À suivre avec des yeux avides les barques qui regagnent le rivage sans Léo. À haleter, le cœur et les pensées en tumulte, les membres douloureux, le regard rivé à la surface aveuglante des eaux.

Est-ce la fatigue ou le soulagement de ne rien trouver qui restaure en nous un brin de lucidité ? Car enfin, quel peut être l'objet de cette fouille méticuleuse, si ce n'est l'éventuelle découverte d'un cadavre ? Tout ce dont nous ne voulons pas, justement. Lorenzo a raison. Nous sommes à cran. Fourbus, tiraillés par des instincts contraires, par la faim et la soif, nous finissons par nous affaler à une terrasse de café. Incapable d'admettre notre impuissance, Régis répond patiemment à deux nouveaux appels de Caroline avant de suggérer :

— Pourquoi ne pas louer un bateau à moteur ?

Le Zodiac, annexe de *Vent de sable*, que Léo et moi utilisons pour gagner la terre lorsque le voilier est à l'ancre dans quelque crique, est bien la seule embarcation à moteur que j'aie jamais conduite. Certes, nous pouvons toujours louer l'un de ces engins à la puissance phénoménale avec son skipper. Pour quel résultat ? Ajouter un mal de mer à la souffrance de Régis ? Car, comment ignorer la noria de bateaux blancs si reconnaissables à leur sigle et aux grandes lettres rouges de la Guardia Costiera, les coques bleues à bandes rouges et roufs blancs des carabiniers et la valse incessante d'un hélicoptère entre terre et mer ? Toute cette effervescence qui maintient les regards des Italiens suspendus au large ? Que pourrions-nous escompter, Régis et moi, d'une entreprise qui semble tenir ceux du métier en échec ?

Mon portable sonne. C'est Lorenzo. Au récit que je lui fais de notre journée, il soupire de compassion et d'une voix réconfortante m'annonce que des journalistes du *Corriere della Sera*, de *La Stampa*, de *La Repubblica*, de la télévision aimeraient nous interviewer. Peut-il leur communiquer mon numéro de téléphone ? « Cela nous aiderait », dit-il, soudain amical. Je donne mon accord et celui de Régis qui aussitôt se lève et me presse. Nous avons plus de deux heures de route avant de regagner notre hôtel. Du moins, l'objectif de rencontrer la presse de ce pays nous donne-t-il un infime sentiment d'utilité.

Régis est au volant. Assaillie par le regret de n'avoir pas poussé notre exploration jusqu'à Otrante, je lui explique que les deux golfes de cette côte, que nous venons de passer au crible, sont les seuls que Léo et moi n'avons jamais abordés. Nous avons toujours préféré nous arrêter à Otrante, juste après le golfe de Tarente ou juste avant selon le sens de notre destination. De part et d'autre du détroit de Messine, notre faveur va à Syracuse d'un côté, aux îles Éoliennes de l'autre. Les yeux humides et le rire franc, Régis m'intime :

— N'avoue à personne que toi et moi avons cherché Léo sur le seul bout de côte de toute cette satanée Méditerranée où il n'a jamais mis les pieds !

Dès que les journalistes apprennent que je suis de la profession, ils nous témoignent plus de sympathie et de solidarité. Cela nous fait du bien. Jusqu'à présent, nous n'avons été confrontés qu'à la défiance des policiers. Quand un traumatisme vous plonge dans un tel état de confusion, il vous rend vulnérable. Le soupçon réitéré finit par vous atteindre, la culpabilité s'insinue en vous. Comment me prémunir contre ce sentiment quand j'ai été égoïste au point de refuser d'accompagner l'homme que j'aime à cause de deux articles à finir ? Des papiers qui ne changent rien aux diableries du monde, ne me rapportent pas plus de trois sous et me laissent impuissante. Ne fût-ce que pour quarante-huit heures, deux articles avaient donc été plus importants que ma présence aux côtés de Léo. Je paie chèrement cette désinvolture.

Nous nous entretenons longuement de la disparition de Léo. Puis les journalistes me questionnent sur les raisons de mon départ d'Algérie. Immanquablement, nous en venons à évoquer les *harragas*. L'Italie et l'Espagne sont aux avant-postes de la migration de ces brûleurs de papiers et de frontières. Les chiffres croissants ne concernent que ceux qui ont été arrêtés en mer ou sur les plages alors qu'ils s'apprêtaient à quitter les rivages. Si l'on ne compte plus les corps repêchés, on ignore le nombre réel des naufragés. Une terrifiante comptabilité sur laquelle on ergote d'une rive à l'autre.

Léo et moi avons débarqué un jour à Lampedusa. J'en garde un effroyable souvenir.

Comment admettre que Léo disparaisse dans cette zone sans y voir une sorte de vengeance du destin contre le fait que je m'en sois tirée ? Pourquoi moi et pas eux ? Comment me dépêtrer du sentiment de dérision qui, longtemps, m'a rendu le monde aussi cruel que vain ?

Je me ressaisis, ne révèle aucune de ces pensées aux journalistes. Ils sont tellement scandalisés par les agissements de Berlusconi. Leur président met en demeure les médecins italiens de dénoncer les clandestins qui viennent requérir leurs soins. Il prône une augmentation de la taxe du permis de séjour et exige que tous les clochards soient fichés, eux aussi. Comme le gouvernement dispose d'une large majorité au Parlement, ces lois sont adoptées. Cela provoque un tollé en Italie. Certaines régions, les Pouilles par exemple, réagissent aussitôt en promulguant des lois régionales pour protéger les médecins et contrer cette infamie envers les errants de la misère.

Une belle phrase de Bruno Étienne me revient en mémoire : « La Méditerranée est un continent liquide, aux frontières solides et aux habitants mobiles. »

Rien, rien de nouveau à propos de Léo. Lorenzo en est contrit. Atterrés, Régis et moi décidons de repartir. Pas par avion. Tant pis pour les billets de retour qui ne nous seront pas remboursés. À quoi nous servirait de nous retrouver aussi inactifs à Sète ou à Montpellier ? Nous allons garder la voiture de location et prendre la route. Autant avaler des kilomètres hors de nos habitudes. Autant retarder une arrivée qui ne revêt plus aucun sens.

Nous rendons une dernière visite à *Vent de sable* immobilisé là pour longtemps. Le regarder nous met la mort dans l'âme. L'abandonner aussi.

Lou

Je vais au marché d'Ajaccio acheter de la bonne charcuterie, chez Doumé bien sûr, du fromage, des olives, des légumes et des fruits. À tes côtés, ces préparatifs ont toujours pris un avant-goût festif. Une mise en bouche, à terre, des repas prévus pour la mer. Aujourd'hui, je ne m'y astreins que par nécessité. Je ne pourrai plus refaire de provisions avant Reggio de Calabre. Mais que tout cela me semble irréel ! La seule chose qui m'importe, c'est de reprendre ton sillage. Ma vie n'est plus qu'une course vers toi. Ma vie qui chaque jour affronte ton absence et refuse ta disparition.

J'ignorais tout de cette solitude du manque. Auparavant, la mienne reposait, certes, sur des gouffres. Mais sans ce sentiment d'être amputée. En vérité, cela m'offrait une grande liberté. Petite, j'avais en horreur les compassions larmoyantes qui ne parvenaient à me souffrir qu'en « malheureuse orpheline ». Je ne me sentais ni triste ni abandonnée, n'en déplaise au chœur des pleureuses. J'ai mis du temps à comprendre que chacun n'appréhendait jamais le monde qu'à l'aune de sa propre existence. Pour moi, la famille, les parents, incarnaient la vie des autres. Les membres de cette majorité érigée en normalité et qui m'était totalement étrangère. Comment ressentir le manque d'une famille sans avoir jamais joui de sa présence, de son affection ? Comment l'éprouver en pure abstraction ?

J'avais fini par préférer le mot *autrui* au mot *semblable*. Si j'avais conscience de ma différence, je me gardais bien d'en faire étalage. Les tares de l'orpheline, de la fille sans origine qu'on m'assignait, suffisaient à mon lot.

J'ai été recueillie par des sœurs blanches avec lesquelles je n'avais aucune sorte de lien, hormis l'affection et le respect forgés par un quotidien commun. Le fait d'avoir vécu en marge de la société algérienne répressive et injuste m'avait été profitable à bien des égards. Je n'ai manqué ni de tendresse ni d'attention. Blanche s'y était admirablement employée. J'en avais une conscience exquise. De sorte que ce capital d'amour et de bienfaits m'avait détournée d'une aride quête de parenté. Forte de ce soutien, je m'épanouissais, engrangeais du savoir, puisais dans la lecture ce qui manquait à ma vie. Une structure de pensée. Plus d'exigence vis-à-vis de moi-même pour me tenir à hauteur de cette sœur du bon Dieu, moi qui n'y ai jamais cru.

Blanche était « une sœur ». Mais pas la mienne. Elle n'était pas ma mère non plus. Cela n'en rendait que plus inestimable notre relation sans me mettre à la merci des bondieuseries de la congrégation. Tout au contraire, la présence de Blanche me protégeait des velléités de la communauté dont j'étais censée faire partie. Au confluent de mondes que seules rapprochaient deux entités suprêmes, la famille et Dieu, je grandissais auprès de femmes qui avaient sacrifié l'une à l'Autre. Moi, c'était dans la fréquentation assidue des poètes et des écrivains que j'apprenais mot à mot la vie. Mot à mot son versant le plus ardu, la lucidité.

Parfois, les autorités algériennes venaient pinailler et tenter de régenter la conduite des sœurs blanches au sein de l'orphelinat. Mais comme ces hommes ne supportaient pas la vue du rebut de leur société, ils finissaient par tourner le dos avec écœurement et s'en allaient. Les appels du muezzin un peu plus loin, les cloches de l'église et les cantiques des sœurs s'élevaient tour à tour, rythmant notre vie, réunissant nos différences.

Mon inscription au lycée français d'Oran viendrait confirmer mon statut de privilégiée. Seuls y avaient accès les enfants des quelques Français résidant dans la région et ceux des grands bourgeois ou des élites. J'échappais avec ceux-là à la catastrophe des lycées algériens livrés aux intégristes. Somme toute, j'étais sauvée une seconde fois par des nonnes. Leur routine quotidienne produisait des petits miracles dont elles ne se vantaient pas.

À la mort de Blanche, j'ai découvert avec une immense émotion qu'elle m'avait légué « un modeste héritage ». Une somme qui, en réalité, allait me permettre de poursuivre mes études universitaires sans souci d'argent. Mais elle m'avait transmis aussi un autre don, le goût de l'effort et de l'altérité qui participera à m'armer pour la vie. Ce qui n'était pas toujours le cas, loin s'en faut, des filles de mon âge qui « jouissaient » de toute une famille. C'était plutôt leur famille qui bénéficiait de leur servage. Et les brigades de frères se faisaient fort de les harceler, de mater toute rébellion, aboyant après elles comme des chiens de garde. Sans répit.

Dans *Poil de carotte*, Jules Renard écrit : « Tout le monde n'a pas la chance de naître orphelin. » J'en ai fait ma devise. Et l'observation quotidienne des ségrégations, du machisme et de la misogynie au sein des familles jamais n'en avait démenti l'outrecuidance.

Toi Lou, tu as mis du temps à m'apprivoiser. Je t'ai aimé et je t'aime plus que tout. C'est pourquoi je ne puis envisager un instant que ton absence ne soit qu'une forme camouflée de l'abandon.

Le mistral se lève et me porte. J'aurai dépassé, dans l'après-midi, l'agitation du trafic et les écueils des Bouches de Bonifacio. Je voudrais être au plus vite à Céphalonie, point de départ du périple interrompu par le coup d'arrêt de ta disparition. Je ferai une halte à Reggio. Juste le temps d'un entretien avec Lorenzo. Je l'ai appelé avant de quitter Ajaccio. À l'annonce de mon passage par sa ville, l'Italien m'a enfin avoué « posséder quelques petits éléments à quoi s'accrocher ». Soufflée, j'ai hurlé que cela fait huit mois que tes parents et moi sommes sans nouvelles ! Depuis quand sait-il quelque chose ? Il ne pouvait m'en dire plus au téléphone. J'ai dû calmer ma violence. Naviguer m'y a aidée. En dépit de ma défiance envers ce Lorenzo, je suis impatiente de le revoir et de vérifier la validité de ses allégations.

La mer forcit, se creuse et se brise. Le tangage de *Vent de sable* est rythmé par une polyphonie fortissimo : le boucan de l'hélice qui va crescendo avec le volume de l'onde déplacée, les rugissements du vent dans les voiles et le vacarme des déferlantes.

Lou, tu sais que le pilote automatique ne tient pas bien par mer forte. Nous devions en acheter un plus puissant pour notre tour du monde. Mais je ne suis pas mécontente de devoir barrer longtemps. De faire corps avec le bateau. De le sentir vibrer, revivre, s'unir aux éléments déchaînés.

Je suis au large de l'île de la Tavolara en toute fin de journée. Les membres tétanisés par l'effort, par la tension qui me visse à la barre, je lorgne avec nostalgie et tentation vers cette table rocheuse à l'abri de laquelle nous avons maintes fois jeté l'ancre. Plus loin, j'aperçois Olbia et devine la profondeur balisée du golfe au fond duquel se niche le port.

Comme souvent, la force du vent croît avec le déclin du jour. S'il ne tombe pas la nuit venue, l'adage des marins de la Méditerranée le veut établi successivement pour trois, puis six, puis neuf jours. J'ai le corps vermoulu mais les bulletins météo, aussi bien français qu'italiens, annoncent un vent modéré en mer Tyrrhénienne. Ce sur quoi je mise. En continuant ma descente vers le détroit de Messine, je serai de plus en plus protégée de la houle du mistral par la dorsale de la Sardaigne et bientôt hors de sa zone d'influence. Je pourrai alors remettre le pilote automatique, en réduisant la voilure au besoin, le temps de me reposer. Je renonce donc au mouillage de la Tavolara. En dépit de la fureur de la mer.

Tard dans la nuit, la tempête se calme un peu. J'ai une faim ! Sais-tu ce que je me mijote amoureusement, le dos et les pieds calés contre les cloisons pour ne pas basculer sous les coups de boutoir des vagues ? Un plat de spaghettis à la bolognaise que je dévore à 3 heures du matin. Puis, j'enfile de nouveau mon ciré par-dessus mon pull, m'allonge dans le cockpit, un coussin sous la nuque. Je laisse la lumière de la table à cartes allumée à dessein. J'ai ainsi ton portrait, ton regard et ton sourire dans mon champ de vision. J'ai pris soin de garder une lampe torche à proximité pour vérifier mon cap sur le compas. Et je sombre dans le sommeil pendant plus d'une heure.

Lorsque je me réveille en sursaut, l'aube est proche. Je vais me préparer du café, reviens épier sa percée. Au moment où pointe l'aurore, le vent s'arrête complètement. Je suis obligée d'enrouler le génois, de serrer la grand-voile. Je n'ai aucune envie de mettre le moteur en marche. Le surplace convient à cet instant suspendu. Ramassée, sur le qui-vive, je scrute le large sous l'effet hypnotique des premières lueurs.

Soudain des remous à tribord. Dans les phosphorescences rose et or, j'aperçois les corps noirs et luisants de deux immenses baleines batifolant. Elles semblent célébrer la naissance du jour. Je ne me dirige pas vers elles. Je souris au souvenir de cette fois où tu avais râlé : « Tu es folle ! Elles peuvent retourner le bateau comme une crêpe. » Je reste là à les admirer jusqu'à ce qu'elles disparaissent. Le souffle de leurs geysers plus loin. Le glissement de leurs dos qui émergent et tournent, tournent. Puis la levée en cadence de deux queues gigantesques comme prêtes à applaudir. Mais elles ne se touchent plus, non. Une, deux, trois fois, elles dressent vers un ciel encore incertain deux masses, telles des sculptures métalliques colossales. Puis, elles plongent vers les profondeurs de la mer.

Je rends grâces à cette promesse de l'aube.

Le vent s'est relevé avec le jour, de travers, modéré, conditions idéales en somme. En fin d'après-midi, j'arrive en vue des îles Lipari. Parmi elles, je distingue les fumerolles de Vulcano. Une rapide estimation me permet de me rendre compte que je ne pourrai atteindre Reggio qu'à la nuit avancée. En vérité, la seule idée de devoir dormir dans ce port me donne des cauchemars. Je ne tiens pas non plus à infliger longtemps à *Vent de sable* l'épreuve d'un retour sur les lieux de sa quarantaine.

Je décide de mouiller à Vulcano. Le port naturel est somptueux et bien abrité. Je pourrai enfin nager un peu et me reposer au calme. Levée tôt demain matin, je mettrai le cap sur Reggio. Je n'y resterai que le temps de faire provision de vivres, d'eau, de fuel, et le temps de voir Lorenzo. J'en repartirai sitôt après, droit sur Céphalonie.

L'ancre à peine jetée, mon regard est captivé par un homme assis sur le rouf de l'un des voiliers déjà au mouillage. Je suis des yeux ses gestes. Les mêmes gestes que toi lorsque tu penches la tête vers ton épaule droite et lisses du médium un sourcil de façon répétée. Tu l'étires encore et encore vers la tempe jusqu'à ce que ton doigt rencontre la mousse de tes cheveux. Le même air songeur. Et, dans le corps, ce flegme du plaisir assouvi. La même blondeur.

L'homme se lève et il n'a plus rien de toi.

C'est toujours à l'arrêt, dans l'inaction, que je me mets à douter de pouvoir réussir là où la police achoppe. Régis l'a expérimenté avant moi. Le soupçon qu'une grande vanité préside à ce que j'entreprends me taraude alors jusqu'à la nausée. Mais le dégoût de moi-même serait pire si je n'engageais toute mon énergie, tout mon temps pour te retrouver.

Nager me délasse et, par contrecoup, me donne la sensation d'être vulnérable et pleine de chagrin. De fait, c'est ce chagrin qui me meut et m'interdit de renoncer, de me laisser réduire au deuil.

Je mange une salade, un peu de coppa, de lonzo, de fromage. Je déguste un verre de vin dans les odeurs de soufre du volcan. Le doux tintement des haubans me berce. Engourdie, j'ai du mal à m'arracher à ce spectacle, d'une âpre majesté, pour aller prendre une douche et dormir. Une nuit entière de sommeil ne serait pas un luxe. D'autant que je ne pourrai m'en accorder encore que des bribes, ici et là, durant les prochaines quarante-huit heures.

Le froissement de la mer sur la coque du bateau, ton odeur, notre odeur. Ces pulsations à l'unisson en moi. Tout contre. Je caresse, j'embrasse tes longues jambes, tes grands bras, tes boucles blondes, respire ton cou, le creux de ta poitrine juste à la pointe du cœur et puis partout. Partout. Je vois le bleu de tes yeux chavirer. Nous redescendons ensemble. Tu t'endors, je me réveille. Encore pleine de toi, je te cherche dans les draps de cette cabine frémissante de désir. Je me suis endormie avec un si grand chagrin. Je reviens à moi dans une volupté à sa mesure. Elle nourrit ma conviction. Je dois te retrouver.

L'implacable attente

Régis et moi n'empruntons que des petites routes. Nous prolongeons le retour avec l'envie de nous perdre. De ne jamais arriver à Montpellier. J'observe Régis à la dérobée. Ramassé sur sa souffrance, il n'en dit rien. Les mots n'ont plus de sens. Un geste, un regard nous suffisent. Leur charge, leur tension nous électrisent. Et nous nous rétractons comme foudroyés.

Pour faire diversion, j'essaie de m'imaginer ce qu'aurait pu être ce voyage avec Régis si Léo nous attendait au bout du parcours. Une fête de complicités et de gourmandises. Mais aucun postulat ne peut détourner mes pensées. Elles se cabrent et me rivent au portable serré dans mon poing. Retour à la peine. Sans dérivatif.

À chaque sonnerie de l'un de nos téléphones, la voiture répond par une embardée. Quel que soit celui qui conduit. Nous passons une première nuit au sommet de l'Aspromonte. J'avais déjà parcouru ces monts avec Léo. Je n'avais cessé de m'extasier sur les lacets escarpés, sur la masse sombre de l'Etna encore plus haut, coiffé d'une fumée qui stagnait et s'enroulait en turban par manque de vent. Adossée à lui, la Sicile s'étirait vers l'ouest pour se perdre dans des volutes de brume. Les îles Éoliennes toutes là, juste en bas, comme à portée de main.

Aujourd'hui, ce spectacle m'écorche les yeux, tord mes boyaux. Je serre les paupières. Seule leur obscurité m'agrée.

Une seconde nuit à Rome nous laisse aussi taciturnes et égarés.

Rentrer chez moi sans nouvelle aucune de Léo et affronter Caroline me tue. À l'inverse de celle de Régis, sa douleur est écrasante. Ce cliché qui voudrait cantonner l'exubérance aux seuls tempéraments du Sud ! Caroline n'est pas méditerranéenne. Elle est mère.

Pour tenter de juguler le flot de ses lamentations et de tromper nos propres angoisses, nous nous exténuons, Régis et moi, à envisager toutes les issues possibles. Je me surprends à soutenir la thèse de la prise d'otage énoncée avant-hier par Régis et qui m'avait d'abord fait ricaner. Au motif que Régis est un grand lecteur de polars. Que sous le coup de l'effroi, devant l'effondrement de nos repères, nous nous trouvons parfois contraints de recourir aux béquilles de la littérature. En réalité si nous nous tournons vers elle en ces moments cruciaux, c'est qu'elle seule prend en charge toutes les complexités et les ténèbres humaines.

Les hoquets de Caroline s'espacent. La voix encore chevrotante, elle finit par abonder dans notre sens et hasarde un argument. C'est toujours ça de gagné, un chouia de répit, en attendant qu'une voix providentielle vienne donner du crédit à cette thèse de l'enlèvement.

Hélas, aucune voix étrangère ne se manifeste. Même celles des policiers nous deviennent familières. L'enquête patauge. Passe le mois de novembre. Puis décembre et encore début janvier. C'est long. Si long, près de trois mois à attendre qu'un kidnappeur veuille bien entrer en contact avec nous et daigne nous donner quelque nouvelle.

Après l'hébétude, reviennent encore et toujours les moments de sursaut. Nous rebattons les cartes. Entêtés, arc-boutés sur nos espérances, nous n'excluons plus alors aucune variante du scénario. Pas même celle qui, de prime abord, nous avait paru trop rocambolesque pour emporter notre adhésion : un violent coup de bôme à la tête aurait projeté Léo par-dessus bord, le plongeant dans une totale amnésie. L'argent lui aurait simplement été volé à sa sortie du restaurant à Fiscardo. Le second jeu de clefs non retrouvé sur le bateau est peut-être tombé à l'eau. Léo a cette manie d'utiliser souvent une clef comme instrument. Et celles-là pendues à leur crochet sur le côté de l'entrée s'offraient à cette tentation. Si Léo se tenait sur le pont et qu'il naviguait, un faux mouvement et hop, les clefs par-dessus bord.

Mû par l'instinct de survie, Léo aurait tout de même regagné la côte à la nage. Peut-être a-t-il pu s'accrocher à quelque objet insubmersible. La Méditerranée en charrie tellement. Ulysse a bien dérivé neuf jours et neuf nuits accroché à une épave avant d'aborder l'île de Calypso.

Mais Léo est désormais sans mémoire, dépossédé de tout ce qui pouvait le relier à nous. Ses papiers d'identité, le livre de bord, les numéros de téléphone, les noms ou prénoms inscrits sur son portable et son calepin… Tout est resté sur le bateau. Cependant une perte de mémoire ne saurait changer la nature profonde de Léo, d'une scrupuleuse intégrité. Et que peut-il éprouver de se voir à ce point déchu ? Totalement démuni, n'importe quelle côte lui est hostile. Alors il doit ressasser, lui aussi, des questions sans réponses : qu'a-t-il donc fait ? Qui est-il ? Dans quoi a-t-il trempé ? Alors, il se terre ou erre quelque part. Mais où ?

Régis s'agrippe à cette dernière hypothèse et décide de partir arpenter, de proche en proche, toutes les villes du pourtour méditerranéen. De mi-janvier à fin mai, il ne se consacre qu'à ça. Chercher son fils à travers les multitudes de rues populeuses et dans les ports. Interroger les pêcheurs, les plaisanciers, les flâneurs, les errants. Régis commence par les villes du bas de la botte italienne en remontant vers la mer Adriatique. Il continue en parcourant les villes grecques. Tantôt Simon – l'ami de Léo et son sous-directeur du C.N.R.S. – tantôt moi, rejoignons Régis ici et là pour rompre sa solitude et nous rassurer. Lorsqu'il n'en peut plus de la lassitude, des déconvenues, et que le découragement fauche son élan, il revient frotter sa colère et sa déception à celles de Caroline et aux miennes. Au bout de trois à quatre jours, l'intrépide ne tient plus en place. Il repart, reprend le chemin de son investigation.

Outre la nécessité de s'investir personnellement dans la recherche de son fils, Régis se saisit là d'un alibi qui légitime ces séparations prolongées d'avec sa femme. Impuissant à l'apaiser, il s'éloigne et va se perdre dans des villes, comme jadis il aimait le faire avec Léo. Et peut-être tient-il, tout autant, à ne pas nous accabler davantage avec son propre chagrin.

L'absence de Régis nous abandonne, Caroline et moi, à nos dissensions. Heureusement que la prévenance de Simon m'arrache souvent à elle. Caroline est jalouse de cette complicité et ne se prive pas de se montrer hérissée de soupçons. Lorsque Simon téléphone du bureau, je devine les autres collaborateurs de Léo, agglutinés autour de lui : Margot, Kader, Sylvia et Marc. L'un tente une blague, l'autre développe une stratégie de résistance. Cette fois, c'est Sylvia qui n'en peut plus de retenir ses sanglots.

Au tout début, je comprenais le besoin de Caroline de toucher des vêtements de son fils, de se retrouver dans son univers habituel. Sous le choc, cela me réconfortait aussi d'en parler avec elle. Mais au fur et à mesure, Caroline est devenue trop intrusive, aussi dévorante que la douleur, et ne cesse de s'immiscer dans mon quotidien. La surenchère dans l'expression de la douleur à laquelle elle voudrait m'astreindre me paraît grotesque, me donne envie de décamper. À chaque instant, elle revendique une souffrance supérieure à la mienne et à celle de Régis. Elle seule en garde les cimes et s'arroge le droit de nous y accueillir ou de nous en rejeter, à son gré. Sans nous concéder jamais qu'une part subalterne. D'abord Régis et enfin moi. Sa hiérarchie du malheur, en somme. Un parallèle s'établit dans mon esprit entre les stratégies des pleureuses, là-bas, qui échouaient à me faire fondre en larmes ou seulement à m'apitoyer sur mon sort. Et l'authentique empathie, le despotisme ou la ruse que Caroline déploie, ici, en pure perte. Ses sanglots n'ont jamais suscité les miens.

L'aurais-je désiré que je n'y serais pas parvenue. Je ne sais pas pleurer. Et il est des moments où le calvaire des autres devient de trop.

Certes, sa peine n'est pas celle de n'importe quelle mère. Comme si la vie trouvait enfin le moyen de se jouer de mes défenses, me forçant ainsi à une proximité avec ce qui m'est le plus étranger chez une femme : la maman. Mais j'ai beau me refréner, je ne supporte plus ses incessantes pleurnicheries, son ingérence, son chantage – sa peur que je parte –, ses débordements, ses visites impromptues. N'osant la mettre à la porte, je fais mine de me plonger dans la rédaction d'un article ou dans une traduction. Je m'applique à me composer une attitude concentrée. La surprise et la réprobation la figent et elle darde sur moi un regard de censeur.

Elle ne sait pas, Caroline, que seul le travail m'avait sauvée de tous les drames même si, depuis la disparition de Léo, je n'en suis plus capable. Médecin, elle n'a exercé sa profession que par passion et à mi-temps. Sa fortune l'a dispensée des batailles d'une carrière. Elle a pu ainsi se consacrer à ses amours, Régis et Léo.

Je ne lui dis pas que je passe mes nuits à chercher le corps de Léo dans notre lit. Je tais les cauchemars qui fragmentent mon sommeil et m'éjectent hagarde hors des draps. Un jour, elle croit faire mouche en me jetant à la figure :

— Tu réagis comme ça parce que tu ne sais pas ce qu'est une maman. Je me doute bien que chez toi, les femmes mettent des enfants au monde et qu'Allah s'en débrouille !

Je rétorque, survoltée :

— Va-t'en ! Fiche-moi la paix. Les mères débordées sont beaucoup moins nombreuses que les mères abusives dont tu fais partie.

Les bras levés, Caroline hoche la tête d'un air navré, me fixe longuement de ses yeux d'un bleu délavé par les larmes, soudain dépourvus de toute trace d'animosité. Puis elle murmure : « Je te demande pardon. » Avant de battre en retraite. Je me retiens de claquer la porte dans son dos. Ce genre de réaction me donne le sentiment que l'indulgence et la bonté ne sont, parfois, que des formes édulcorées de l'arrogance.

Depuis, nous sommes en froid.

Je me souviendrai toujours de la première fois où je me suis rendue chez Régis et Caroline. Léo et moi étions amoureux depuis plusieurs mois. Je refusais sans cesse d'aller dîner ou déjeuner avec eux. D'abord parce qu'ils étaient des « bourges » et que j'avais peur qu'ils me trouvent des manières de barbare. Et puis, j'étais bloquée à l'idée qu'ils puissent penser que c'était l'argent qui me « jetait dans les bras » de leur fils. Décliner leurs invitations réitérées par l'intermédiaire de Léo et repousser sa propre envie me permettaient de signifier à tous combien leur foutue fortune m'était plutôt un handicap. Une difficulté supplémentaire à surmonter. La pensée qu'être algérienne pouvait représenter un écueil de plus m'avait à peine effleuré l'esprit. Lorsqu'on vient d'un pays refermé sur lui-même où le racisme et la xénophobie sont notoires, on est d'abord frappé par l'ouverture d'esprit des citoyens de la rive nord de la Méditerranée. Ma lucidité acérée ne pouvait laisser aucune emprise au nationalisme. Et je ne suis pas dupe de la notion d'arabité tant revendiquée ici et là. Ils étaient si peu nombreux à parvenir jusqu'au Maghreb, les *djihadistes* venus d'Arabie, soulevant des hordes fanatisées en chemin. Juifs, chrétiens ou animistes, tous les habitants de ces contrées étaient des Berbères. Avec des franges de métissage dues aux invasions successives… Berbère, donc, n'en déplaise aux faussaires de l'histoire et des identités. Puis athée, bâtarde de naissance et de foi. Mais la différence m'est trop nécessaire pour que cette revendication soit motif de gloire ou de honte.

Du reste, j'étais encore indécise quant à mon avenir. J'ignorais si je voulais rester en France. Retourner en Algérie au cas où la guerre civile viendrait à cesser. Partir ailleurs. Aussi, rencontrer les parents de mon amoureux prenait à mes yeux une connotation d'engagement que je n'étais pas certaine de pouvoir ni de vouloir assumer. Léo revenait à la charge, essayant de me convaincre de la banalité de la situation. Il voulait simplement pouvoir déjeuner ou dîner avec ses parents et la femme qu'il aimait. C'est tout. Où était le problème ? J'avais beau savoir que le véritable obstacle résidait dans la conception même que j'avais du mot *famille*, je ne parvenais pas à dépasser ce blocage. Régis n'avait pas résisté à l'envie de me voir. Sous divers prétextes, il était passé en coup de vent chez son fils, à plusieurs reprises. J'avais beau lui trouver beaucoup de charme et de charisme, je n'en demeurais pas moins sur la réserve. Et en dépit des efforts du père et du fils, deux années s'étaient écoulées avant que je consente à cette rencontre. Je ne m'y étais rendue qu'à reculons. Non sans avoir averti Léo qu'à la moindre anicroche ses parents ne me reverraient jamais plus.

Régis m'avait accueillie avec cette exclamation chaleureuse : « Voilà enfin la fille du soleil ! » Caroline m'avait tendu une main molle, tandis que son regard me pénétrait, me jaugeait. En aparté, elle s'était délectée à me lancer des piques venimeuses à souhait : je ne serais sûrement pas la « dernière amie » de Léo. Son fils avait un tel appétit de la vie, une telle soif d'aventures que même des femmes de haut rang et douées de fantastiques qualités échouaient toutes à le suivre comme à le combler. Percevant ma crispation, Léo avait rabroué sa mère avec véhémence. Le repas s'était achevé dans la gêne. J'avais de nouveau passé près de deux ans sans remettre les pieds chez eux. Mais parfois ils débarquaient chez nous à l'heure de l'apéritif. Prétendument à l'improviste. C'est qu'en faisant des courses, ils n'avaient pu réprimer le désir de nous couvrir de présents. Il était flagrant que Léo et Régis avaient tout manigancé. Cependant Caroline s'évertuait à me montrer un tout autre visage. Elle arrivait avec une montagne de cadeaux pour son fils, pour moi surtout. Elle s'empressait d'approuver chacun de mes propos, me témoignait une attention de tout instant. Cet enthousiasme excessif générait souvent un malaise. Un embarras que Régis ou Léo se hâtait de dissiper en nous entraînant dans la préparation inopinée d'un festin.

Un jour que Léo était à Paris pour son travail et ne devait rentrer que par le dernier avion du soir, Régis m'avait téléphoné pour m'inviter à dîner au restaurant. Léo était dans le coup. Comment en douter ? Cependant, j'étais ravie d'avoir l'occasion de discuter seule à seul avec Régis. Noël approchait et je n'ignorais pas que le père et le fils souhaitaient ardemment que nous le fêtions ensemble. Ce serait bien le premier Noël « en famille » pour moi.

Si j'avais d'emblée apprécié les qualités de Régis, c'est à partir de cette soirée qu'une affection inaltérable s'était tissée entre nous. Je lui avais longuement parlé d'Oran. De Blanche, des « sœurs de Misserghine ». De mon travail de journaliste à Alger. Nous avions évoqué le malentendu de notre première rencontre. Il avait plaidé la cause de sa femme. Elle était tellement triste de voir son fils passer d'une femme à l'autre sans qu'aucune veuille partager pleinement son amour de la mer ni consentir à ce qu'il puisse l'assouvir seul. À présent, Caroline et Régis étaient vraiment heureux de constater la métamorphose de leur fils. Parce que, enfin, Léo et moi vivions des passions communes. J'avais reconnu ma part de responsabilité dans ce désaccord. Face à une mère, celle de Léo plus spécialement, je perdais tous mes moyens, devenais agressive ou recourais à l'ironie, cette sorte d'élégance perfide ou tapageuse du désespoir. J'avais promis que Léo et moi passerions Noël avec Régis et Caroline. Je me souviens de la troublante sensation qui m'avait submergée lorsque, à deux heures passées du matin, Régis m'avait déposée devant la maison. Je n'avais jamais recherché une mère de substitution ni jalousé aux autres la leur. Mais pour moi, le père n'existait tout simplement pas. Jusqu'alors, il n'était qu'un terme religieux, purement immatériel : « le père et le fils ». Les sœurs comme les frères étaient loin de jouir d'un sort plus enviable. Ils se confondaient en une masse de convoitises et de chamailleries. L'ennui que j'en concevais n'avait d'égal que la routinière dévotion des nonnes de l'orphelinat. Soudain, j'enviais à Léo ce père-là.

Vent de sable peut enfin regagner son port d'attache après six mois de réclusion à Reggio. L'abandonner plus longtemps en Italie m'est tout aussi intolérable que de le voir revenir sans Léo. Tiraillée, je me sens incapable d'être du voyage. Je le dis à Régis. Lui, c'est le mal de mer qui l'en empêche. Nos défaillances nous enfoncent un peu plus. Simon, Margot, Kader, Sylvia et Marc insistent pour ramener, ensemble, le voilier. Face à leur détermination d'y aller tous, je les imagine se préparant à une veillée funèbre en mer, dans *Vent de sable*, cercueil flottant, sans cadavre. L'idée me révulse. Je m'enfuis. Simon me rattrape, passe un bras autour de mes épaules :

— L'absence de Léo nous laisse sans tête dans tous les sens de l'expression. Pour des chercheurs… Tu sais, Léo dit toujours « au C.N.R.S., je cherche, en mer, je trouve ». Nous avons seulement besoin d'accomplir quelque chose pour lui. Cela nous ferait le plus grand bien.

Simon est un être si délicat. Il sait comment vous convaincre et vous rallier avec douceur.

À Montpellier, c'est surtout Caroline qui est en contact avec les policiers. C'est donc elle qu'ils préviennent chaque fois que des personnes bien intentionnées – et peut-être farfelues ou farceuses, nous ne le saurons jamais – croient avoir aperçu Léo ici ou là. En Méditerranée. Ailleurs dans le monde. Caroline en avertit immédiatement Régis qui s'y précipite, bien sûr. Et chaque fois, c'est la fausse piste qui s'évente. L'excitation qui retombe. L'abattement qui suit. Le temps qui file. Qui nous ronge.

Un jour, les policiers me demandent de passer signer je ne sais quel papier. Quelle n'est pas ma stupeur lorsque, à l'approche du commissariat, j'aperçois Caroline assise en face sur une borne. Elle est dans un tel état de prostration qu'elle ne me voit pas. Après un moment d'hésitation, je décide de m'éclipser par une rue latérale. Je ne veux pas la gêner, la surprendre en pareil instant. Surtout après notre dispute. Je rebrousse donc chemin derrière le dos de Caroline. La signature des papiers peut bien attendre le lendemain. Mais le matin suivant, Caroline est encore là, telle la statue du Commandeur. Sa vue me bouleverse. Je déguerpis de nouveau. L'après-midi, elle est enfin partie. Les policiers m'apprennent alors que, depuis un mois, elle vient chaque matin à 7 heures au plus tard. Elle regarde les agents, les officiers arriver un à un. Puis elle s'installe face au commissariat ou carrément dans la cour. Elle ne dit rien à personne. L'expression de ses yeux suffit. Je pense aux célèbres mères d'Argentine, aux anonymes de tant de pays dont le mien.

J'ignorais qu'un jour je les rejoindrais dans cet effarement obstiné.

En fin de journée, j'abandonne la traduction sur laquelle je m'échine en vain et téléphone à Caroline pour lui proposer que nous dînions ensemble. Le son ténu, coupable de sa voix, sa joie de m'entendre après notre altercation me brisent le cœur.

Oubliant chacune nos griefs, ce soir, nous ne sommes que deux femmes attentives l'une à l'autre.

Tard dans la nuit, je contacte Régis. Il se trouve à Beyrouth. Il n'ignore pas que sa femme est de plus en plus mal. Lequel d'entre nous pouvait échapper à cet effondrement ? Après plus de quatre mois à poursuivre une chimère de ville en ville, Régis est en train de perdre pied, lui aussi. Je l'exhorte à revenir. C'est à moi de prendre le relais des recherches à bord de *Vent de sable.* Il ne tergiverse pas. Il sera là demain.

Lou

J'appréhende et j'attends, tout à la fois, le moment où je vais aborder les eaux dans lesquelles tu as disparu. Tu y seras si intensément. La vision de ton bateau fendant la mer me déchirera le cœur. Les réverbérations de la Méditerranée y seront-elles mon bûcher ?

J'ai quitté le mouillage de Vulcano tôt ce matin. J'ai franchi l'entrée du détroit de Messine en même temps qu'un ferry. Il est passé si près que les tourbillons de son sillage ont violemment chahuté *Vent de sable*. Comme si la divine Charybde de la mythologie avait essayé de nous engloutir.

Les amarres à peine nouées, je me précipite aux courses avant que Lorenzo n'arrive. Je n'ai besoin que de fruits, de tomates, de salade et d'un peu de viande. Les coffres du bateau regorgent de denrées de longue conservation. Par les soins de tes parents.

Lorenzo vient me rejoindre au port un peu avant midi. Il émet un sifflement admiratif en apprenant que j'ai navigué seule depuis Montpellier. Il offre de m'inviter à déjeuner au restaurant. Mais j'ai trop hâte d'apprendre ce qu'il veut me révéler. Et puis, je n'entends pas m'éterniser à Reggio. J'aimerais reprendre la mer sitôt notre entretien terminé. J'en informe Lorenzo et lui propose un café ou une bière. Il jette un regard circulaire à l'intérieur du bateau, bien rangé, admire le beau bouquet de fleurs, cadeau de Caroline et Régis. Il trône sur la table à cartes à côté de ton portrait dès que le bateau est à l'arrêt. L'œil de Lorenzo s'attarde sur toi. Il prend une bruyante inspiration et s'exclame en forçant son accent italien : « Maa, quel bel homme ! » Il n'est pas mal non plus, le Lorenzo. Dans un tout autre genre. Les cheveux noirs, coiffés en arrière et luisants de gel. L'œil charbonneux, tantôt ardent, tantôt mordant. L'arc parfait du sourcil qui souligne l'harmonie d'un visage mince. Et dans le corps une fièvre quasi animale. Celle du chasseur toujours à l'affût ?

Nous nous installons dans le cockpit. Magnanime, Lorenzo m'assure qu'il se doute du calvaire que nous endurons, tes parents et moi depuis huit mois. Il y pense souvent. Presque tout le temps. Il se préoccupe de toi. Presque autant que nous. Nous devons garder confiance. Même les enquêtes les plus longues finissent par trouver un dénouement. Il espère seulement que celui-ci sera heureux. Il répète encore ce que Caroline, Régis et moi ne cessons de ressasser : le fait que ton corps n'ait pas été retrouvé en dépit de la météo d'alors et de la rapidité de l'intervention des garde-côtes est une preuve irréfutable : tu as quitté le bateau, puis la mer, en vie. Sinon, ton cadavre aurait été rapidement repêché. Cependant, pour l'heure, il n'y a rien de vraiment probant. Si ce n'est quelques soupçons encore non étayés :

Qu'est-ce que je sais du Tunisien Youcef ? Tu le sais, Lou, la seule évocation du prénom de l'associé de Mansour suffit à me crisper. Notre ami, Mansour, ne vient plus nous voir dans une crique ou en mer que lorsqu'il est seul avec ses marins, en compagnie de Nabil surtout. Mais à chacun de nos arrêts à Mahdia, le port d'attache de leur bateau, *Soltane*, Youcef ne manque pas de nous assiéger. Il sait que je ne veux pas de lui à bord de *Vent de sable*. Alors il tourne autour, me jette des regards incendiaires en maugréant. Des insultes de toute évidence. Je peux en deviner la teneur : « Pute de mécréants » et autres insanités de ce goût-là. Toi et moi n'avons jamais réussi à cerner sa personnalité : il se gargarise ouvertement d'idées islamistes. Cela ne l'empêche en rien d'enfreindre les préceptes du Coran. Son addiction à l'alcool ne doit guère lui laisser de temps pour la prière. Il ne cesse de clamer sa misogynie et son aversion pour les Européens mais ferait n'importe quoi pour attirer ton attention et t'accaparer. Je raconte à Lorenzo cette fascination que Youcef a pour toi et dont tu éprouves le plus grand mal à te dépêtrer.

Au début, nous nous étions abrités derrière son enfance supposée difficile – Youcef avait été adopté – pour excuser son comportement. Puis, nous nous étions demandé si son harcèlement n'était pas l'expression d'une homosexualité refoulée. Je te taquinais : « Tu dois incarner le summum de l'exotisme ou peut-être de ce qu'il s'interdit encore. »

C'était toujours à propos des femmes, de la religion, des rapports Nord-Sud qu'éclataient vos plus vives prises de bec. Tout y était prétexte. Une fois Youcef lancé, il t'était impossible de lui faire entendre raison. Il poussait toujours à l'extrême son délire et sa mauvaise foi. Et plus tu demeurais placide, plus il trépignait. Seules les interventions musclées de Mansour parvenaient alors à t'en débarrasser. Le lendemain, il revenait, te poursuivait pour des réconciliations aussi tonitruantes et t'imposait plus de poissons que nous n'en pouvions consommer. Il n'avait pas tourné le dos que nous nous amusions à en nourrir les cormorans.

Parfois, tu finissais par céder à ses instances. Et pour avoir la paix, tu allais boire un verre avec lui à bord de *Soltane*.

Nous avons fini par conclure qu'il était névrosé. Son emphase et ses harangues nous semblent tenir davantage de rodomontades que de réelles convictions. C'est sans doute pourquoi la police tunisienne, sans merci pour toute manifestation intégriste ou autre « dérapage », ne l'a jamais arrêté. À moins qu'il n'y dispose d'un appui haut placé.

Depuis, je ne fais plus cas de lui. Son ressentiment envers moi n'en est que plus grand. Mansour ne regrette que trop d'avoir dû s'associer avec ce dingue. Il n'avait pas les moyens d'acheter, seul, un bateau de cette taille. Et à ce moment-là, personne d'autre que Youcef n'avait pu avancer les fonds ou obtenir un crédit pour y faire face avec lui. Mansour est tout le contraire de Youcef, d'un calme à toute épreuve. Un homme subtil et intelligent.

Lassés par ses excès, nous avons fini par écarter de nos projets toute cette partie de la Tunisie. Mansour nous rejoignait ailleurs.

Lorenzo acquiesce à ma description. Elle correspond bien aux renseignements déjà recueillis. Il m'apprend que Youcef était en contact téléphonique étroit avec Bertrand. La police française a découvert que Bertrand t'a souvent appelé à ton bureau, les jours qui ont précédé ton départ de Montpellier. Je n'ai pas le souvenir que tu m'en aies parlé, Lou. Sans doute évitais-tu de me rapporter tes conversations avec un homme que je ne tenais pas en estime. Il s'avère donc inconcevable que Bertrand ait ignoré la date à laquelle tu remontais *Vent de sable*. Pourtant, c'est ce qu'il a déclaré à la police. Et durant toute cette période-là, il y a eu de très fréquentes communications téléphoniques entre Youcef et Bertrand. Comme par hasard, celles-ci ont totalement cessé depuis ta disparition. Lorenzo secoue la tête d'un air entendu :

— Ils craignent d'être sur écoute. Ils doivent se parler en utilisant d'autres postes. Non identifiés pour l'instant. Mais nous les surveillons étroitement.

Je ne vois pas le lien. Et pourquoi les policiers français ne nous ont-ils rien dit ? Ils ont interrogé tous nos amis, nos connaissances, nos voisins, tes collègues. Cela mettait ta mère en rogne : « Ils sont là à fouiner paresseusement, à tuer le temps avec leurs méthodes de fonctionnaires scribouillards au lieu de prendre le problème à bras-le-corps ! » Lorenzo hoche la tête, l'air blasé. Il connaît ce genre de récriminations.

Tout à coup, je me souviens que l'été d'avant, en 2007, c'est Bertrand qui avait convoyé *Vent de sable* de la Tunisie, où celui-ci avait passé l'hiver, vers la Grèce. Bertrand avait pris ses congés en juin. Cela nous arrangeait. Nous pouvions réserver tout notre temps de navigation à la mer Égée, au farniente entre les Cyclades et la Turquie. Ça bien sûr, Lorenzo le savait déjà. Ce qui lui manque, ce sont les faits, les preuves. Rien de moins.

Ces déclarations me laissent perplexe. Lorenzo s'inquiète de ce qui me pousse sur tes traces : ma propre enquête, pardi ! Je lui annonce que je veux traîner ici et là, suivre ton parcours, m'imprégner des lieux, poser des questions autour de moi, essayer de comprendre. Après Céphalonie, je compte me rendre en Tunisie même si tu n'y es pas allé cette dernière fois. J'ai besoin de revoir Mansour. De parler avec lui plus longuement qu'au téléphone. Ton coup de fil à notre ami pêcheur, ce qu'il dit de ta voix soucieuse m'intriguent. Je sais que, par VHF, tu ne pouvais guère te laisser aller à la confidence au risque d'être entendu par tous les marins naviguant à des miles à la ronde. J'ai également envie de revoir Nabil. D'aller peut-être me réfugier auprès de sa mère aux îles Kerkennah, ce chétif désert en pleine mer. Et maintenant qu'une des clefs de ta disparition semble se trouver là-bas… Lorenzo me coupe la parole :

— C'est une initiative judicieuse. Vous serez peut-être capable de détecter des indices qui échappent aux policiers. Votre présence pourrait provoquer des réactions susceptibles de nous éclairer. Mais je voudrais que vous gardiez pour vous les révélations que je viens de vous faire. Je tenais à ce que vous en soyez avertie pour prospecter avec nous dans cette direction. Ébruiter ces secrets sans preuves formelles, ce serait la meilleure façon de saboter l'enquête. La vie de votre compagnon en dépend. C'est la raison du silence de la police française. Vous êtes journaliste, vous savez ça. Et vous connaissez mieux que quiconque le contexte.

Je frémis à ses mises en garde. À ce qu'elles sous-entendent. Lorenzo insiste pour que j'intègre tout de suite dans mon portable le numéro sur lequel il ne reçoit que les appels urgents, et il me fait promettre de lui communiquer tout ce qui me paraîtrait suspect. Après une cordiale poignée de main, il pointe un index sur moi et ajoute :

— J'ai fait une partie de mes études en France, moi, le fils d'émigrés. Oui, oui, je suis fils d'émigrés, moi aussi. Et je n'oublie jamais cette origine. Je vous raconterai ça la prochaine fois. Bon vent et téléphonez-moi au moindre soupçon ou en cas de souci. De toute façon, je sais que vous êtes par là. Je le signalerai à tous les garde-côtes. Vous aurez la paix.

Je ne lui rappelle pas que je ne suis ni fille d'immigrés ni fille de personne. Et tant que je n'aurai pas élucidé ta disparition, je resterai une nomade des mers. Je regarde Lorenzo partir. Sans son air teigneux, je le découvre différent. Il a beaucoup de charme, de sex-appeal. Notre discussion m'a revigorée et a chassé le ressentiment que je nourrissais envers lui. Il me fait un dernier signe de la main avant de monter dans sa voiture. J'ai hâte de repartir.

Lou, si je cédais à l'impulsion de l'instant, je mettrais directement le cap sur Mahdia. Pour la première fois, j'ai une piste à explorer. Je dois me raisonner pour ne rien changer à mon programme. L'envie d'inspecter Fiscardo, de me couler dans ton sillage emporte finalement ma décision.

Je cale précieusement mon magnifique bouquet d'Avalanches dans l'évier. Il faut vraiment ne rien entendre à la voile pour offrir des roses à quelqu'un qui s'apprête à partir en mer. Elles ont miraculeusement tenu le choc – j'y ai veillé – et ouvrent d'énormes corolles blanches, nimbées d'un rose délicat. Soudain, elles semblent affleurer du chaos de mes incertitudes et retiennent mon regard. Je m'émerveille de leur fragile entêtement à s'épanouir. Éclosion éphémère, ce vertige de la brièveté.

Je téléphone à tes parents. Cela me coûte beaucoup de ne rien leur révéler de ce que je viens d'apprendre. J'ai l'impression que leur peur pour moi est en train de prendre le pas sur la souffrance.

Un moindre mal.

Ce matin, à l'entrée du détroit de Messine, après les vagues du ferry, j'ai regardé avec les jumelles du côté de Charybde à la pointe de la Sicile. En face sur la rive calabraise, j'ai vu le promontoire rocheux, surplombé par le fort de Scylla. Comme à chaque passage avec toi, j'ai bien sûr repensé aux histoires d'Ulysse. Dans l'*Odyssée*, Circé prédit à Ulysse qu'il perdra tout son équipage en passant près de Charybde et « seulement six de ses marins » s'il emprunte la voie de Scylla.

Charybde et Scylla existent bel et bien. Le fort courant du détroit génère souvent des tourbillons de surface plus importants à l'approche de la côte sicilienne. Étaient-ils si périlleux dans l'Antiquité qu'ils mettaient en danger les bateaux qui s'en approchaient ? C'est là l'origine de la légende de Charybde. Quant à celle de Scylla, elle se rattache aux récifs de la rive calabraise lui faisant face. Les bateaux qui fuyaient Charybde pouvaient drosser contre ces rochers-là et s'y fracasser.

L'entrée de la passe lorsqu'on l'aborde depuis la mer Éolienne est, certes, le goulot le plus étroit du détroit. Sa largeur est tout de même de mille cinq cents mètres. Et la taille des bateaux de l'Antiquité n'excédait guère les trente mètres. Un navire qui prenait soin de passer bien au milieu, naviguait à vue et était assuré d'éviter et Charybde et Scylla. Il est vrai que les embarcations étaient beaucoup plus lourdes et de manœuvre moins aisée que les bateaux d'aujourd'hui. Qu'importe. Depuis la nuit des temps, les hommes se sont raconté des récits fantasmagoriques où interviennent des dieux, les tout-puissants et les déchus : démons et autres monstres. Et pour que ces histoires survivent à leur condition de mortels, les conteurs les ancrent dans des contrées propices à entretenir les imaginaires. Les générations suivantes peuvent s'y référer, les déployer en un florilège de mythes.

Le trafic est toujours aussi dense dans le détroit. Et comme d'habitude, un patrouilleur italien le parcourt de long en large, surveillant les allées et venues. Je ne suis pas mécontente de laisser derrière moi cette effervescence.

Je peux enfin lire les journaux achetés à Reggio. Encore un récit de naufrage au large de Pantelleria en première page du *Corriere della Sera*. Une vingtaine de corps de *harragas* ont été repêchés. Combien sont-ils ceux qui continuent à flotter entre deux eaux ? Combien d'illusions à jamais coulées ?

Lou, je ne peux m'empêcher de regarder derrière moi, dans la direction de cette mer de cauchemar entre Sardaigne, Sicile et côte nord-africaine. Je me souviens de notre premier et dernier contact avec Lampedusa. C'était il y a six ou sept ans. Nous venions de quitter la Sicile quand un vent du sud s'était levé et avait très vite forci. Au près serré, par une mer qui ne cessait de se creuser, *Vent de sable* tapait dans les vagues. Des paquets de mer passaient par-dessus bord et nous fouettaient. Nous avions pris la décision de nous abriter à Lampedusa en attendant l'accalmie.

Ce choc que j'avais eu en découvrant ces Nord-Africains errant en groupes dans les rues de l'île ou agglutinés sur ces rochers volcaniques. Ils tournaient résolument le dos au vent mauvais du sud. Ces solitudes juxtaposées faisaient masse. Il s'en dégageait une densité, une dénonciation qui révoltaient et laissaient impuissant. La vision du camp où ces immigrants étaient parqués m'avait révoltée, plongée dans un état de tristesse et de malaise sans borne.

J'étais une basanée, de surcroît cuite et recuite par la mer, comme ces hommes-là. J'avais été balayée plusieurs fois, moi aussi, par ce vent de la misère et de l'obscurantisme qui déracine à jamais. Mais à présent, je me trouvais à bord d'un voilier en partance pour ce Sud qu'ils fuyaient. Je m'y rendais en vacances. Eux, ils s'étaient échoués là, pleins de détresse et de lassitude. À mi-chemin d'une survie besogneuse, de fantasmes tant de fois rabâchés qu'ils en avaient perdu les contours.

Comment sourire à la chance qui avait fait de moi une navigatrice traversant tous les possibles quand d'autres, tellement plus nombreux, restent entravés, parqués dans des camps lorsqu'ils échappent au naufrage ?

T'en souviens-tu, Lou ? Tu étais aussi gêné que moi. Tu me serrais très fort tandis que nous marchions dans ces rues et autour du port. Dans les hurlements du vent, un souvenir était venu obséder ma mémoire : en 1994, n'en pouvant plus des tueries en Algérie, j'étais partie pour une brève escapade au Maroc. J'avais quitté Tétouan pour Tanger un jour de tempête extraordinaire qui avait interrompu toute circulation dans cette partie de la Méditerranée. Un flux du nord cette fois. J'ai toujours aimé les fureurs de la nature. Les plus grandes. Celles qui balaient d'un coup les exploits comme les fanfaronnades des humains. J'avais rapidement gagné la route des crêtes pour jouir du spectacle d'une mer féroce. Elle serpente et grimpe au sommet de l'Atlas. Un décor grandiose, en surplomb du fracas des déferlantes. Le parcours s'en trouve rallongé et c'est tant mieux. C'était au printemps et les montagnes étaient constellées de fleurs et d'oiseaux migrateurs que la violence des rafales empêchait de gagner les côtes européennes. Ils piaillaient avec une aigreur impatiente dans la colère du vent. C'en était assourdissant. Des images des *Oiseaux* d'Hitchcock me frôlèrent l'esprit, vite évincées par l'ampleur de la scène que la tourmente rendait surnaturelle. Loin de la subversion par la volonté d'un créateur, j'avais sous les yeux l'irréductible épopée d'une multitude de migrateurs impénitents, ses contingences et ses adversités, une force de vie sauvage que rien n'arrêtait. Pas même les démences de la nature. Avec des cris de vindicte et de ralliement, les ailes à peine déployées, ils étaient aussitôt déportés vers l'arrière, culbutés cul par-dessus tête et s'écrasaient parmi les fleurs. Le poème de Heredia : « Comme un vol de gerfauts hors du charnier natal », m'était venu à l'esprit. C'était moi le gerfaut si près du charnier natal.

Mais aujourd'hui, c'est contre ceux-là, ces migrateurs empêchés et massés dans le désespoir et l'incertitude, que tous les États se liguent. Aujourd'hui, on refuse aux humains cette liberté élémentaire que possèdent encore les volatiles : fuir les éléments hostiles de leur terre natale.

Lou, il nous avait été impossible de rester à Lampedusa. Nous en étions repartis au bout de deux heures. Tu avais proposé que nous retournions en Sicile. Au portant, la navigation aurait été confortable et brève. J'avais la gorge tellement nouée que je ne pouvais répondre que par signes. Une dénégation de la tête puis, l'index tendu vers le sud, j'avais désigné notre cap, la Tunisie. « Vent debout, on va taper comme des malades ! » avais-tu protesté. Tant pis. J'étais incapable de quitter ce port, en amoureuse, sur un beau voilier, et de me laisser porter par la mer et le vent sous les regards envieux et révoltés de cette multitude accrochée à tous les rochers de l'île, les yeux braqués dans cette direction.

Aujourd'hui, c'est moi qui jette des regards vers cette mer de naufrage, derrière moi, entre Sicile, Sardaigne, Malte et l'Afrique du Nord et lis ce que m'en disent les journaux. Un article de *La Stampa* relate les drames, les violences et les protestations des hommes du camp de Lampedusa. L'un d'eux a avalé des lames de rasoir… Le *Corriere della Sera* raconte les mêmes aberrations non loin de là, dans l'île de Pantelleria. Interrogés par la presse algérienne sur les raisons qui les jetaient ainsi vers d'autres rives, des jeunes avaient déclaré : « Nous préférons encore être mangés par les poissons plutôt que par les asticots de ce pays pourri. »

En ces temps prétendus modernes, Charybde et Scylla ont déserté l'entrée du détroit de Messine – où plus aucun navire ne risque rien – pour des rivages bien plus vastes. Charybde étend son empire à toutes les côtes du sud où le despotisme et la férocité des régimes briment, affament, dans tous les sens du terme, des populations entières et jettent à la mer des flots de fuyards.

Les gouvernements du Nord adoptent les pratiques de Scylla. Ils ponctionnent et rançonnent à leur gré ces vagues de migrants.

La Méditerranée, elle, est comme toutes les mères. Elle porte ceux qui ont ses faveurs dans la joie et la sérénité et noie, de mille manières, les indésirables. Ceux-là avaient pourtant traversé bien des frontières. Parfois des déserts. Tant d'indifférence, de misère, de violence. De grands vents sans *liesse*, sans clémence *sur toutes faces de ce monde, sur toutes faces de vivants, hommes de paille en l'an de paille sur leur erre.* Ils avaient pourtant brûlé leur identité. Mais la mer les a reconnus. À leurs rêves avortés. Seule l'humiliation des camps d'immigrés leur sera épargnée. Ils auront déjà dans les yeux les eaux épaisses de la tristesse sans fond des orphelins.

Sur cette Méditerranée où la beauté est plus tragique encore que dans les temps anciens, j'apprends le sens de la disparition. Mes traversées sont celles d'un Ulysse sans Ithaque. Ulysse, quand les cris de milliers de naufragés remplacent le chant des sirènes.

Tu n'es nulle part. Vais-je aller de Charybde en Scylla ?

Céphalonie

Je suis à Fiscardo. C'est ici que Léo a récupéré *Vent de sable*. Comme ils l'ont indiqué aux policiers, les responsables de la capitainerie me confirment qu'ils n'ont pas vu Léo cette dernière fois. Ils n'en apprécient que davantage d'avoir trouvé l'enveloppe contenant le règlement du séjour du bateau : « Certains se débinent à l'aube pour ne pas payer les frais du port. » Ils ne se souviennent pas de Bertrand. L'été, il y a tellement de passages dans cette région prisée par les plaisanciers. Pour nous, c'est différent. Nous sommes des habitués du lieu. Nous nous y rendons aussi hors saison. Quand le port retrouve son calme et vit au rythme immuable des pêcheurs.

Les commerçants autour du port ont été questionnés, eux aussi. Ils ont reconnu Léo sans hésitation sur la photo qui leur a été montrée. Consternés par le récit de sa disparition, ils se sont attardés à évoquer notre couple, longtemps après le départ des agents. Trois d'entre eux s'expriment en français et me traduisent : « On a demandé le grand blond et la jolie brune toute bouclée ? » Le geste ample, ils esquissent la masse d'une crinière. Ils ne savent toujours pas mon origine.

Et en pareille circonstance, pas un n'a eu la présence d'esprit de s'en enquérir auprès des policiers. Brésilienne ? Une fille des îles ? C'est ce qu'ils supposent. Ils me rapportent leurs conversations d'alors et me sourient gentiment. Ils attendent sans doute que je les éclaire sur mon identité. Que je leur dise où en est l'enquête. Comme je demeure muette, ils comprennent qu'il n'en sort rien de bon. Alors ils se composent une mine de circonstance, m'offrent des verres d'ouzo et trinquent avec moi, pleins de componction.

Tandis que mes convictions vacillent une fois de plus, je m'applique désespérément à vérifier les faits les plus infimes. Ainsi, on me certifie que Léo a bien dîné « Chez Tassia ». Tous, patron, maître d'hôtel, serveurs, m'assurent qu'il était souriant, détendu. Ils ajoutent qu'il leur avait annoncé que l'été prochain, nous ne reviendrions pas par ici. Que nous partions pour un tour du monde. Certes, cela n'apporte rien à l'enquête mais me réconforte. Léo n'a pas disparu volontairement. Je peux continuer d'en être persuadée.

C'est tout ce que j'ai pu glaner. Est-ce uniquement pour ces vérifications sans surprise que j'ai parcouru plusieurs mers jusqu'à cette pointe nord-ouest de la Grèce ? Pour cette seule certitude que, là aussi, des policiers avaient scrupuleusement rempli leur devoir de « scribouillards » ? Sans résultat. Je me sens de nouveau découragée.

Les jours suivants, je reste des heures à ruminer dans le cockpit. Le ballet des yachts britanniques, des voiliers allemands, des catamarans français, des vedettes ou des canots pneumatiques italiens entrant ou sortant du port, me laisse indifférente. Parfois, mon regard balaie, sans s'y attarder, les ocres des maisons, leur architecture pourtant si harmonieuse, les échoppes et les tavernes blanchies à la chaux. Autour du port, les tables se bousculent. Ithaque est juste en face. Je ne veux pas aller à Ithaque. Le ciel a le bleu intense des yeux de Léo. L'éclat de la Méditerranée me fait mal. La gaieté et la décontraction des vacanciers plus encore.

Léo et moi avons visité plus d'une fois la montagne d'Aïnos, et plus d'une fois, admiré les chevaux qui vivent en liberté sur ses flancs verdoyants. Le célèbre sapin noir. Les églises et les monastères, nombreux sur l'île. La fabuleuse plage de Myrtos, Assos nichée dans son amphithéâtre rocheux au fond d'une baie minuscule. Pero et Sami. Je n'irai pas revoir ces splendeurs. Par temps de chagrin, la beauté sécrète un poison mortel.

Les corolles chiffonnées des Avalanches penchent méchamment sur les tiges. Je les mets à la poubelle. Je ne veux plus de fleurs à côté du portrait de Léo. Comme au cimetière. Qu'il trône seul au-dessus de la table à cartes et sur ma tristesse.

Je serre les paupières et me remémore le jeu des lumières dans les cheveux de Léo. Je peux deviner le moment de la journée à leur seule teinte. Je les préfère au crépuscule lorsqu'ils ressemblent à une limaille d'or veinée de cuivre et d'argent. J'ouvre les yeux et tressaille en l'apercevant sur le quai. Il marche de son long pas tranquille et considère les bateaux. Puis, il lève son regard vers moi, me sourit et disparaît. Je referme les yeux, les serre très fort pour retrouver au fond de moi cette image de lui. Sans succès.

Un homme passe sur le ponton et me salue.

J'ai si peur que mon dernier espoir s'éteigne en Tunisie. Alors j'ajourne le moment de quitter, bredouille, Céphalonie. Je me traîne dans le bateau. Je ne parviens même pas à lire. Le soir, je vais au restaurant et dévisage les vacanciers avec curiosité. Pas un n'est maussade. Y en a-t-il qui font semblant et, bons comédiens, se fondent dans la foule des fêtards ? Pas moi. Je n'ai jamais vécu le deuil d'un proche. Ni le chagrin d'une rupture. Depuis ma rencontre avec Léo, quelque chose s'est détraqué dans le mécanisme de cette sorte d'automate que j'étais.

Cependant la disparition ne s'apparente à rien d'autre. Elle est aux antipodes de la performance du lipogramme de Perec. Ni Léo ni moi n'avons décidé de supprimer l'autre de notre vie. Brusquement. Sans rien savoir de ce qu'il advient de lui. Cette implacable ignorance nous tient captifs et nous ampute d'une part de nous-mêmes. Elle subvertit tous les sentiments et empêche leur aboutissement. Elle nous garde en suspens.

Je n'arrive plus à avaler ces feuilletés à la viande hachée ou à la morue dont je raffolais auparavant. Parfois, je picore juste un peu d'*aliada*. Mais je bois. Ça oui, je bois. Je noie mon désespoir. Et je sombre enfin dans un sommeil plein de cauchemars.

Inquiet, Simon propose de venir me rejoindre et de faire avec moi la traversée vers la Tunisie. Je refuse au prétexte qu'il ne peut abandonner, lui aussi, « une équipe de chercheurs sans tête ». En vérité, je tiens à finir seule ce que j'ai entrepris. Simon le comprend.

L'après-midi du cinquième jour, je suis en train de laver une chemise lorsque j'entends toquer contre la coque. Un homme brun, svelte, l'air avenant, semble décontenancé de me voir surgir du bateau. Il demande : « Il n'est pas là… » Sa question reste inachevée. Je lui souffle : « Léo ? » Il hoche négativement la tête. « Bertrand ? — Oui, Bertrand ! » Tout à coup, je me rends compte à quel point je suis piètre détective pour ce qui me touche personnellement. Je n'ai aucune photo de Bertrand. Je n'y ai même pas songé. Où aurais-je pu m'en procurer une ?

Je rejoins l'homme sur le quai, me présente. Il s'appelle Pierre, il est français. Il a rencontré Bertrand le 4 septembre dernier. À mon regard interloqué par cette précision, il opine du chef et sourit. Il n'a pas oublié la date parce qu'il était arrivé à Céphalonie, dans sa résidence secondaire, le jour même. Ses bagages à peine déposés chez lui, son premier souci avait été de venir voir son bateau. Comme toujours. Il travaille en Australie et conserve de fortes attaches avec la Grèce. Il a débarqué dans l'île tout à l'heure.

À cette date-là, Bertrand était censé naviguer dans les Cyclades. Certes, il avait prévu de faire une brève escale à Céphalonie, mais à la fin du mois. Juste avant d'entreprendre les traversées qui auraient ramené *Vent de sable* du côté de Montpellier. Du reste, lorsque Bertrand avait téléphoné vers le 20 septembre, il prétendait qu'il venait de quitter la mer Égée et de franchir le canal de Corinthe. Il commençait à avoir « de la fièvre et une petite douleur au ventre ». Léo avait plaisanté : « Dans quel bouge es-tu allé traîner ? Il faut vraiment le vouloir pour choper une turista en Grèce ! » C'était le soir, je m'en souviens. Nous avions étalé, par terre dans le salon, d'immenses cartes des océans Atlantique et Pacifique. À genoux, nous inventions notre voyage avec la candeur tranquille de deux gamins pour lesquels le rêve est la part la plus tangible de la réalité. Bertrand avait rappelé le lendemain. Son état s'était aggravé. Il était tout près de Céphalonie. Catastrophé, Léo avait essayé de le réconforter. Ce n'était pas dramatique, s'il était obligé d'abandonner *Vent de sable.* Il suffisait qu'il le laisse en lieu sûr. Fiscardo était tout indiqué. Qu'il veille à prendre soin de lui-même, avant tout.

Pourquoi Bertrand nous aurait-il menti ? Je presse l'inconnu de me décrire les autres plaisanciers qui se trouvaient avec Bertrand. Il était seul. L'homme en est sûr. Or Bertrand nous avait annoncé que son amie et un couple de copains devaient le rejoindre un jour après notre départ de Grèce, Léo et moi, et seraient du voyage jusqu'à Port Camargue.

J'adopte un ton enjoué et tente de gagner la confiance de Pierre. Je m'applique à écarter, pour un temps, les impératifs de l'enquête et vais puiser loin, tout au fond de moi, l'accent de spontanéité et de sincérité qui fait se livrer les marins sur les quais. Je lui dis ce qu'aurait dû être cette première expérience de navigation en solitaire. Celle d'une femme qu'un vent a ravie aux dunes du désert pour la recracher dans le ressac de la mer, la ballotter d'une rive à l'autre. Et que pour la première fois, j'ai éprouvé la nécessité d'écrire sur les espaces de cet exil qui me constituent. J'ai traversé seule depuis Montpellier. Mon compagnon, Léo, des copains, Bertrand et d'autres me rejoindront. Je lui précise, avec un brin de malice, que nous sommes tous très différents. Aussi bien de tempérament que d'origine. Je ne mens en rien. Lorsque Léo me suggérait de traverser seule, je me projetais dans ce travail d'introspection. Je ne peux pas mentir à cet homme providentiel. J'omets seulement quelques vérités. Pierre approuve, jette un regard ému sur la coque de *Vent de sable* et me répond :

— Maintenant, je comprends ce nom, *Vent de sable.*

Je réprime encore mon impatience et demande :

— Où est votre bateau ?

Il me le montre. Je l'avais déjà remarqué, son *Malvenu*, qu'un seul autre voilier sépare de *Vent de sable.* Cette fois, je n'ai guère déambulé dans le port en rêvant sur les noms des bateaux, comme je le faisais auparavant. D'aucuns exhibent une telle vanité. D'autres évoquent la mythologie, la polyphonie du monde. Et en dépit de l'érudition ou de la forfanterie qu'ils voudraient afficher, ils n'ont rien d'imprévisible. Certains arborent des appellations qui portent à l'étonnement, au trouble ou au sourire. Ceux-là m'arrêtent et résonnent étrangement sur mes cordes intimes. Leurs noms rejoignent ces mots, ces appellations qui me suggèrent des chemins tortueux, des parcours de guingois. *Malvenu* en fait partie. Dans la morosité des jours précédents, ce nom m'intriguait. Que Pierre en soit le propriétaire me le rend d'emblée sympathique.

Pierre demande des nouvelles de Bertrand. Dans l'espoir d'entretenir sa curiosité et de susciter d'autres révélations, j'affiche une moue affligée pour lui confier qu'il tourne mal. À ma grande surprise, Pierre abonde dans mon sens : « Ça ne m'étonne pas. » Je l'invite à boire un verre à bord de *Vent de sable.* Je ne pose plus de questions. Je le laisse parler. Il parle de lui, de sa mère grecque, de son père normand. Il parle de l'Australie, de la femme qu'il y a rencontrée. Une vie qui en temps normal m'aurait passionnée. Mais j'attends autre chose de lui. Avec une impatience qui me laisse muette. Il revient à ce qui me préoccupe. Je retiens mon souffle.

En septembre dernier, Pierre était arrivé à Céphalonie une dizaine de jours avant sa famille. Dans l'idée de faire repeindre leur maison, tandis que lui se chargerait du vernis de son voilier. Il s'y était attaqué dès le premier jour. C'est alors qu'il avait remarqué Bertrand. Assis sur le roof de *Vent de sable*, il était constamment au téléphone. Il semblait agité. Et même s'il ne quittait pas l'appareil des yeux, il sursautait à chaque sonnerie. Pierre s'était demandé s'il s'agissait d'une rupture amoureuse ou d'un grave problème familial.

Après un long moment, Bertrand avait sauté du bateau avec fureur et s'était mis à arpenter le quai à grandes enjambées. Comme Pierre l'observait, il avait fini par s'arrêter devant *Malvenu*. Les deux hommes s'étaient salués, avaient échangé quelques considérations anodines. L'air préoccupé, la nervosité de Bertrand ne pouvaient laisser indifférent. Avec une curiosité compatissante, Pierre lui avait proposé d'aller prendre un pot à l'une des terrasses du port. À peine avaient-ils quitté le quai que le téléphone de Bertrand avait sonné. Il s'était éloigné. Pierre l'avait patiemment attendu. Mais Bertrand n'était revenu vers lui que pour prendre congé en toute hâte. Il devait partir instamment. Il avait toute l'Adriatique à remonter. Il l'avait planté là et était parti en courant sans autre explication.

En regagnant sa maison sur les hauteurs de l'île, Pierre avait vu *Vent de sable* en contrebas. Il naviguait en direction du sud du Péloponnèse. Pierre s'était demandé quel intérêt avait Bertrand à lui mentir sur sa destination.

Je lui fais préciser la date :

— C'était le 5 septembre. Le lendemain de mon arrivée à Céphalonie.

Pierre avait revu Bertrand une quinzaine de jours plus tard, à Fiscardo. Un calcul rapide me permet de situer ce retour du Péloponnèse autour du 20 septembre. Au moment où Bertrand nous avait annoncé sa crise d'appendicite. Or Pierre affirme que Bertrand ne semblait pas malade. Du moins pas physiquement. C'était dans sa tête que ça n'allait pas. Et Pierre n'avait rien pu savoir de ce qui le tourmentait. Pourtant, il avait réussi à passer avec lui tout un après-midi. Le lendemain, Bertrand avait disparu. Sans *Vent de sable*, resté à quai, cette fois.

Léo n'avait pu venir le récupérer qu'un mois plus tard.

Pierre avait quitté Céphalonie une douzaine de jours après Bertrand. Tout début octobre. Il n'y avait plus remis les pieds depuis. Un peu plus de huit mois au total. Aurait-il eu vent de la disparition de Léo s'il y était resté ? Ne serait-ce que par les commerçants ? Les policiers l'auraient certainement interrogé s'ils l'avaient vu au port. Ils l'auraient contacté même en Australie, s'ils avaient eu le moindre espoir d'obtenir quelque renseignement que ce soit. Mais voilà, Pierre était resté l'un des chaînons manquants de l'enquête.

Je ne sais que penser des ambiguïtés de Bertrand. Quel lien peut avoir sa succession de mensonges avec la disparition de Léo ? À ce stade de notre conversation, je ne peux plus biaiser. Je dois à Pierre la vérité. Il est la chance de mon odyssée.

Stupéfait, Pierre met du temps à retrouver l'usage de la parole, bégaie des mots de soutien, promet de m'aider. Il connaît du monde partout dans les capitaineries. S'il le fallait, il irait se renseigner tout au long de la côte ouest du Péloponnèse « et jusqu'au trident ».

Soudain, j'ai envie de partir pour la Tunisie. L'explication des agissements de Bertrand se trouve certainement là-bas. Puisque Bertrand était de mèche avec Youcef, l'associé de Mansour. Je regarde ma montre, il est 17 heures. En ces longues journées de juin, j'ai le temps de laisser derrière moi tous les récifs avant la tombée de la nuit. Pierre m'exhorte à rester ce soir. Il m'invite à dîner chez lui. Sa femme sera contente de me connaître. Il aimerait que ce soit moi qui lui raconte l'histoire. « Elle ne va pas en croire ses oreilles. »

Je m'isole pour téléphoner à Lorenzo. Il répond à la première sonnerie, m'écoute sans m'interrompre, demande des précisions. Bertrand avait-il indiqué le nom d'un hôpital ou d'une clinique au moment de quitter *Vent de sable* ? Je crois que Léo avait prononcé celui de la Salpêtrière. Nous récapitulons les dates. Lorenzo m'incite à rester à Fiscardo, au moins jusqu'à demain. La soirée passée avec Pierre pourrait se révéler précieuse pour la suite. Il termine par cette exclamation : « Bravo, Shamsa ! » C'est la première fois qu'il se permet de m'appeler par mon prénom.

Je me laisse convaincre. En effet Pierre pourrait brusquement se souvenir d'un détail en cours de soirée. Et la présence d'un couple chaleureux m'épargnera le tête-à-tête avec moi-même, mes ressassements et mon humeur massacrante au milieu de la décontraction des vacanciers. Et puis, c'est bien le moins que je puisse faire pour remercier Pierre d'être venu toquer sur la coque de *Vent de sable*, et de m'avoir offert de lui-même son précieux témoignage.

Le propriétaire de *Malvenu* est arrivé à point nommé.

Tandis que Pierre, atterré, continue à émettre des hypothèses, je contemple les lueurs rasantes du crépuscule. Elles enflamment les eaux du port, enluminent de teintes corail et ambre les maisons, tissent de mille soies les lumières exténuées par la chaleur du jour. Ce soir, la beauté rayonne. Et pour un moment, je ne ressens plus ni tristesse ni angoisse.

Le temps que je me prépare, Pierre va prévenir sa femme. Je ne peux encore rien rapporter à Caroline et Régis de ce que je viens de découvrir. Je connais Régis, il serait capable de prendre l'avion ce soir pour aller rudoyer Bertrand. Je veux préserver Caroline d'une désillusion supplémentaire. Jusqu'à ce qu'un lien véritable entre le comportement bizarre de Bertrand et la disparition de Léo soit prouvé, je reste prudente. Ce soir, j'ai tellement envie de me jeter dans leurs bras, ils me manquent tant qu'avant de raccrocher, je m'entends leur chuchoter, presque à mon insu : « Je vous aime. » Ils en restent sans voix.

Mais j'éprouve le besoin de m'en ouvrir à Simon. Il souffle de soulagement et précède ma demande :

— Non, non, ne t'inquiète pas, je n'en dis rien aux autres pour l'instant.

Son émotion traduit aussi la fierté de porter et de partager avec moi ce secret.

En passant devant *Malvenu*, je donne rendez-vous à Pierre sur le quai. Je veux acheter des fleurs pour sa femme. Point d'Avalanches. Moi qui n'ai jamais prisé les roses roses, je trouve tout à coup à des gerbes d'Espérances un éclat mordoré qui me conquiert. Sur celles déjà ouvertes, je peux admirer le cœur d'une efflorescence touffue. Des touches délicates de vert anis en parsèment la corolle. Le revers des pétales périphériques est de couleur opale. Fi, des avalanches. Va pour des espérances. Ne consacrent-elles pas ce jour tant attendu ? Et je souris de ma puérile réaction.

Le lendemain, je quitte Fiscardo avant sept heures. Céphalonie est superbe dans la douceur matinale. Le vert argent des oliviers jette une moire ondoyante autour de la flamme noire des cyprès. Diaprée de silence, l'île est encore assoupie et cuve son ouzo dans les écrins feutrés de ses criques et de ses baies.

Lou

Je te regarde du cockpit et un mot tourne dans ma tête : hasard. Une phrase d'Albert Einstein me revient en mémoire : « Le hasard, c'est Dieu qui se promène incognito. » Un trait d'esprit de ce génie. Le hasard n'est que ce dont nous nous saisissons dans le cours contingent des jours. Au moment où, peut-être, une plus grande chance nous passe sous le nez.

Ce n'est pas par hasard que toi et moi nous sommes rencontrés. Et ce ne sera pas un hasard non plus si je parviens enfin à lever le voile sur ce qui t'est arrivé.

Lou, à quelques miles de la côte tunisienne, un filet de pêche flottant se prend dans le safran, bloquant le gouvernail. Je mets le bateau en panne, chausse des palmes, passe mon masque, mon tuba, et plonge. Un enchevêtrement de crins et de filins s'est si solidement entortillé autour du safran et de l'hélice que mes cisailles me paraissent impuissantes à en venir à bout. Je n'ai ni ta force ni ton souffle. C'est toi qui avant t'attelais à ce fléau.

Des crampes dans les mains et au bord de la suffocation, je remonte en surface, me hisse à plusieurs reprises sur la jupe pour récupérer. Affalée là, je me sens pitoyable. Aussi pitoyable que lorsque, en Algérie, un imbécile me lançait une obscénité. Que je brûlais d'envie de le massacrer. Que cette incapacité-là me diminuait, m'humiliait encore plus. J'avais beau affûter mes reparties, elles ne me semblaient qu'un pis-aller.

Mais à ce moment précis, seule en mer, c'est moi-même qui me jette un « pauvre femme ».

Combien de temps à batailler, armée d'un couteau et d'une pince des plus aiguisés, avant de parvenir à dégager complètement cette saleté de filet ? Une guerre des nerfs. Fourbue, je peux enfin reprendre mon cap et m'échouer dans le cockpit comme une méduse sortie de l'eau : une peau et rien dedans.

Un sursaut me sort de ma léthargie à l'apparition de deux ailerons de requin. Des bêtes énormes qui passent au ras du cockpit comme deux troncs d'arbre. L'un dans le prolongement de l'autre. Sûrement de ceux qui sont inoffensifs, les plus gros, les requins pèlerins. En vérité, je n'en sais rien. Je n'ai guère le loisir ni de scruter leurs mandibules ni de percer leur intention. Le temps de me sentir transie, je n'en distingue plus que les ailerons qui fendent l'eau, emportant leur menace. Sur l'instant, j'imagine ce qui aurait pu se produire si j'étais restée plus longtemps dans l'eau. Un rire nerveux me secoue. Au lieu de retourner la mer pour retrouver ta trace, je serais allée nourrir les poissons comme quelques milliers d'autres migrants. Sous la coque de *Vent de sable* en panne. Cela aurait fait sensation. Je devine les manchettes des journaux locaux, les railleries ou l'affliction de mes collègues algériens et réprime des tremblements que la fatigue, le manque de sommeil et mon inquiétude expliquent tout autant.

Lou, à mon septième jour de navigation, je viens de traverser « dans le bon sens » cette fois la zone où tu as disparu. J'aurais aimé pouvoir y hurler à tue-tête, t'appeler, tancer cette mer, l'insulter, la supplier de te rendre. C'était sans compter cette camisole de silence et de hargne qui m'emprisonne depuis ta disparition. L'avant-veille, en achetant des fleurs pour la femme de Pierre, le providentiel homme de Céphalonie, l'idée d'en prendre pour les déposer là, au fil de l'eau, m'a traversé l'esprit. J'ai vu la scène en une fraction de seconde : *Vent de sable* à la cape, je me serais mise à l'eau. J'aurais nagé un long moment poussant de la poitrine un bouquet de la plus belle composition. J'ai rejeté sur l'instant ce rôle de sirène naufrageuse, bannissant le dessein funeste qui aurait confirmé ta mort. Et maintenant je retiens mon cri. Comme toujours je refuse les larmes. Tout ce maelström intérieur qui me ravage. Finalement, l'entrave du gouvernail et la redoutable apparition des requins se sont relayées à épuiser ma rage. Elles m'ont vidée.

Alors je me suis vue avec les yeux éteints des enfants de l'orphelinat. Ces yeux déjà morts parce qu'ils n'attendent plus rien. Soudain le vent a sifflé dans les voiles. Encore hébétée, j'ai machinalement retrouvé les gestes du marin. J'ai balayé du regard l'espérance bleue de la mer, puis tes yeux au-dessus de la table à cartes. Lou, tu semblais te moquer de ma peur, de mon découragement. Et pour la première fois, un peu de rancœur s'est instillée au fond de ma tristesse.

Combien de fois, toi et moi, avons-nous été arraisonnés dans les eaux territoriales de Tunisie ? Y avons-nous jamais accosté sans devoir tendre les amarres à des hommes en uniforme ? En dépit de ces tracasseries, la Tunisie demeure le seul pays arabe fréquentable en voilier. Sauf à rechercher les pires ennuis, notre « couple mixte » ne peut se risquer vers les côtes algériennes ou vers celles du Moyen-Orient. Le Maroc, nous préférons le parcourir en voiture. Nous y rendre avec *Vent de sable* ne nous tente pas. Même pour notre grand départ, passé Gibraltar, seuls Madère et les Açores entrent dans nos projets de halte.

À Mahdia, j'ai droit aux garde-côtes, à la police des frontières, aux douaniers. Et comme d'habitude, certains traînent dans l'idée de glaner quelques paquets de cigarettes ou une bouteille d'alcool. Cependant, quand on refuse le bakchich, ils n'en prennent pas ombrage. On est loin du racket qui prévaut dans d'autres pays du Sud. Procéduriers mais courtois, industrie du tourisme oblige, les certificats d'entrée que ces officiers délivrent n'empêchent en rien la sarabande des uniformes dans le port voisin. C'est qu'ils sont légion et montrent un zèle incomparable à justifier leur nombre par l'inflation des interventions.

Tous nous connaissent. Ils savent pour toi. Ils défilent sans trop m'embêter. J'en déduis qu'ils ont reçu des consignes.

La plainte de l'auguste Oum Kalsoum répand sa litanie sur un port assoupi : *Inta oumri*, « Tu es ma vie ». Un long poème d'amour et l'une des plus célèbres chansons de « l'Étoile de l'Orient ». En guise de bienvenue, je préfère ce refrain aux assauts des muezzins. Mon arrivée tardive m'épargne le dernier appel à la prière et me laisse quelques heures de répit avant que n'explose, à l'aube, la sommation du *fajr*. Ce n'est pas que je devienne intolérante. Mais dans un port, à l'aurore, la déflagration d'un haut-parleur tout proche est effroyable. Entre deux ivresses de traversée, je ne conçois le repos que dans les tintements des haubans et la rumeur de la mer. L'intrusion de cet ordre religieux m'agresse, m'oppresse. Je frémis et ouvre les yeux sur le souvenir de ses monstruosités.

La nuit a mis une sourdine aux bruits de la ville et s'offre aux arômes qui s'élèvent avec le recul des grosses chaleurs. J'y distingue l'exhalaison de ce « galant de nuit » provenant d'un patio qu'un soir, guidés par sa fragrance, toi et moi avions déniché. Les rumeurs de la ville, ses saveurs, ses odeurs dont tu te délectes, Lou, me rendent tout à coup plus étrangère ici, sans toi, que n'importe où ailleurs.

J'ai souvent envié ton ignorance de la langue arabe qui te préserve des remarques désobligeantes, misogynes ou racistes des rues du Maghreb. Toutes les discriminations dont se plaignent, souvent à raison, les originaires du Sud sont sans commune mesure avec celles qui prévalent chez eux et culminent dans l'antisémitisme. Tout cela est entretenu par des régimes qui, jouant avec machiavélisme sur la fibre nationaliste, imputent toujours à « la main de l'étranger » les conséquences de leurs propres désastres. C'est dire s'ils s'indignent du sacrilège « d'une fille de chez nous en couple avec un mécréant ». Après quelques reparties cinglantes, j'ai fini par adopter une attitude autrement plus efficace : je t'enlace, me serre contre toi. Ça leur coupe la jactance.

Lou, ton corps est mon continent et ton amour son plus bel horizon.

Soltane, le bateau de Mansour et Youcef, n'est pas au port. Tant mieux. J'ai grand besoin de dormir. Il me faut être en possession de tous mes moyens pour détecter le moindre indice. Si indice il y a.

Les annonces de messages et de textos se bousculent sur l'écran de mon portable, dès que je le remets en marche. Depuis quarante-huit heures, Caroline et Régis s'y succèdent. Comment surmontent-ils la pensée que je viens de traverser, pour la seconde fois en quelques jours, les eaux qui t'ont vu disparaître ? J'imagine leur tourment. Leur envie d'en être si forte qu'elle donne le mal de mer. J'entends leurs mots plus éreintés que jamais. Des mots que ton absence rend tellement caducs qu'ils peinent à restituer quelque chose de ta présence.

Assise dans le cockpit de *Vent de sable*, gagnée par la torpeur suave de la nuit tunisienne, je discute longtemps avec Régis et Caroline, les rassure, leur décris ma traversée et omets d'évoquer les requins. Ils piaffent et quémandent l'autorisation de venir me rejoindre. Si mon séjour ici devait durer une semaine ou plus, pourquoi pas ? Ils pourront toujours louer une voiture pour se rendre à Sousse et à Hammamet. Et il y a de bons hôtels à proximité. Je promets d'y aller voir. Eux sont déjà au fait des horaires d'avion. Mais jouer aux touristes, non, pas ça. Ils veulent seulement être avec moi en ce dernier lieu à questionner. Le monde entier leur est devenu tellement opaque et sourd.

Pierre, l'homme de Céphalonie, a appelé, lui aussi : étais-je arrivée à bon port ? Il a déjà été contacté par Lorenzo. Je ferme mon portable sur la voix de Simon et ta « bande de chercheurs sans tête ».

Et toi, où es-tu ? Que vis-tu ?

Mahdia

Au premier grondement du muezzin je bondis hors de ma couchette. Pour rien au monde je ne voudrais manquer l'arrivée du bateau de Mansour et Youcef. Après un petit déjeuner expédié à la hâte, je ferme *Vent de sable* et me dirige vers la digue. La parcourant en vigie, je reconnais de loin la silhouette de *Soltane*. Je déambule un moment autour des pêcheurs déjà là, avant d'aller l'attendre devant son emplacement. C'est Youcef qui est aux commandes. Il saute aussitôt sur le quai, fonce sur moi et grogne :

— Il est où, ton Français ? Il paraît que tu l'as jeté à la mer !

Depuis quand n'avais-je pas croisé ce malotru ? Trois années au moins. Pas même un *salam*. Je ne réponds pas et continue à le fixer. Le pousser hors de ses gonds, à ces accès qui semblent le déposséder du dernier brin de raison, y guetter l'éventuelle bévue n'a rien d'un exploit. Youcef me tourne le dos et part rejoindre les marins qui sont en train de débarquer la cargaison de poissons. L'ami Nabil tombe en arrêt devant moi. Affairé à l'intérieur du bateau, il n'a pas dû m'apercevoir avant de mettre pied à terre. Les traits figés par la stupéfaction, il bégaie :

— Sham-sa-pour-quoi-tu-es-re-ve-nue-ici ?!

— Je n'aurais pas dû ?

Il m'enlace, me serre, ses mains tremblent sur mon dos. La tâche qui le presse le sauve de la nervosité dans laquelle l'a plongé sa surprise. Muet, il désigne le chargement. L'expression de son regard tourne à l'effroi. Taraudée de questions, je garde les yeux attachés à cet éphèbe. Léo et moi avons une telle affection pour lui. C'est un peu notre protégé. Lorsqu'il nous sait dans les parages, il réclame toujours de venir nous retrouver en compagnie de Mansour. Le voilà justement l'autre patron qui descend d'un fourgon réfrigéré. Le visage illuminé, il se précipite vers moi :

— Tu auras la vie longue ! Figure-toi que je m'apprêtais à te téléphoner dimanche pour t'inviter à la semaine des lamparos. Tu aurais dû me prévenir de ton arrivée. Je serais venu t'attendre à l'aéroport.

Après les embrassades et les effusions, Mansour m'enjoint de déjeuner chez lui, ne me laisse ni le choix ni même le temps de répondre avant d'appeler Jamila, sa femme, pour l'en aviser et de s'en retourner prêter main-forte au reste de l'équipage.

Avec le soleil, remontent les odeurs du port que la nuit avait décantées. Un mélange de varech et de saumure assaisonné de mazout. L'animation de ce vieux port, lors du retour des pêcheurs, est ce que Mahdia recèle de plus intéressant. En dépit de ses beaux remparts, de son émouvant cimetière marin, du pittoresque de sa médina, du turquoise éclatant d'une mer sertie de plages d'un blanc d'albâtre, j'ai toujours trouvé la ville un peu morne. Surtout le soir. Elle ne s'égaie que durant la semaine de la pêche aux lamparos, fin juillet. C'est à ces festivités que Mansour projetait de me convier. Encore que le spectacle n'ait d'attrait, à mon goût, qu'au large parmi la constellation de pharillons qui habillent d'une résille de lumières l'encre de la mer. Piétiner dans la cohue des estivants se bousculant sur les digues et les rivages n'a aucun intérêt.

La réaction de Youcef, la peur palpable qui s'est abattue sur Nabil m'intriguent tellement que je reste là, le regard errant sur l'effervescence des pêcheurs sans plus m'y intéresser.

Je ne suis pas mécontente de recevoir un appel de Lorenzo à cet instant. Comment s'est passée ma traversée ? Rien d'anormal ? Il ne peut contenir sa curiosité à propos de mon premier contact avec la Tunisie. Je lui décris la panique de Nabil lorsqu'il m'a aperçue. Il s'inquiète de mon rapport à ce garçon et s'en félicite. J'ai là un atout de poids. Mais je ne dois m'avancer qu'avec prudence tant que nous ignorons ce qui se cache derrière tant de mystères. Et la police tunisienne, comment s'est-elle comportée avec moi ? Lorenzo émet un sifflement de satisfaction à mon récit. Les trois pays : France, Italie et Tunisie sont convenus de me laisser les coudées franches et n'y dérogent pas. Ils se concertent et me tiennent à l'œil avec l'espoir que je serve de catalyseur ou d'appât. Pour tous, « l'affaire Lang » n'a que trop duré. Cette énigme est un affront à leur savoir-faire.

Lorenzo me réserve le meilleur pour la fin : les policiers français n'ont trouvé aucune mention d'une quelconque hospitalisation de Bertrand Simonet dans les registres des grands hôpitaux parisiens. En montrant sa photo aux pharmaciens autour de chez lui et de son travail, ils sont remontés jusqu'à son médecin traitant. Mis au courant des soupçons qui pèsent sur Bertrand, son toubib a dû se résoudre à une sommaire entorse au secret médical : monsieur Simonet n'a pas subi d'intervention chirurgicale l'automne dernier. Ces derniers mois, il n'a consulté que pour une consommation accrue de somnifères et de calmants. Cela ne suffit certes pas à faire de lui un coupable. Coupable de quoi au reste ? Il avait quitté *Vent de sable* depuis près d'un mois lorsque Léo a disparu. Et la police a vérifié qu'il était bien à Stockholm à ce moment précis. Mais le manque de mobile ne diminue pas les charges de la suspicion. Il y a trop de mensonges et d'invraisemblances.

Les caisses de poissons chargées dans le fourgon frigorifique, Mansour revient vers moi :

— À quel hôtel je passe te prendre ?

Je lui désigne *Vent de sable*. Ce n'est pas seulement qu'accaparé par l'urgence du déchargement du poisson il n'ait pas songé à le chercher du regard. L'idée que le voilier puisse se trouver là ne l'a même pas effleuré. Il le fixe un moment. Sa stupéfaction vire au bouleversement. Il ouvre les bras, s'avance vers moi pour me serrer contre lui, se rend compte des écailles qui parsèment encore ses mains, s'immobilise, et les yeux mouillés me dit :

— Je viens te chercher vers une heure. Nous parlerons de Léo. De tout ça…

Nabil et deux des autres pêcheurs l'accompagnent pour les livraisons. « À plus tard, Shamsa ! » me lance Nabil en s'esquivant, la tête rentrée dans les épaules. Ça crève les yeux qu'il est aussi soulagé que honteux de pouvoir m'éviter une fois de plus. Ce garçon est la candeur même. Il ne sait rien dissimuler.

Youcef s'est engouffré dans le bateau. Jet d'eau et balais-brosses en main, les marins restés à bord de *Soltane* s'activent à le nettoyer. Vient ensuite le rituel de la douche sur le pont. Son chahut de récré. Un seul savon vole d'un homme à l'autre. Tous s'en frictionnent le corps à tour de rôle en se disputant le tuyau. Celui qui parvient à le garder un moment taquine les compères trop appliqués à se récurer, les fait se trémousser sous des geysers d'eau, ramène dans la mêlée ceux qui, par inadvertance, s'en sont écartés. Leurs rires fusent et se noient dans les gargouillis de l'eau.

Bientôt, ils commencent à débarquer, m'entourent de mille salamalecs et marques de respect. Puis, ils finissent par prendre congé. Youcef demeure invisible. Je patiente sur le quai.

J'attends longtemps avant de le voir enfin surgir de *Soltane.* Rasé de près, fringant, une chemise bleu clair rehaussant son teint café, la masse des cheveux d'un noir brillant, il arbore un calme qui le métamorphose. Le changement est renversant. Je vois venir à moi un bel homme. Ce dont je ne m'étais jamais aperçue. Il est vrai que sa surexcitation permanente et ses tics lui donnent l'apparence d'un pantin, et que l'aversion qu'il m'inspire achève de gauchir ma perception. Youcef penche la tête vers moi, me fixe d'un œil torve qui contredit sa nonchalance affichée :

— C'est moi que tu guettes ? Je croyais que tu ne voulais plus venir à Mahdia pour ne pas avoir à me subir. Qu'est-ce qui t'amène ?

— J'enquête sur la disparition de Léo avec l'appui et la bénédiction des polices des pays riverains. Ce qui lui est arrivé s'est décidé entre la Grèce et la Tunisie. J'ai quelques petits détails à éclaircir.

Je le vois tressaillir. Son teint basané vire au vert-de-gris. Ses yeux s'électrisent, mêlent terreur et foudre. Je jubile intérieurement. Plus de doute maintenant, celui-là, il y a trempé. Et je trouverai bien dans quoi. Youcef se reprend et peste :

— Je pensais que c'était une histoire terminée. Que ton *kaffer* (mécréant) t'avait fuie ou s'était suicidé dans les eaux italiennes. Pourquoi tu viens nous embêter avec ça, ici ? Parce que vendue aux Occidentaux, tu fais le harki de la meute ? N'importe quel fait, tu le tournes en motif d'accusation. C'est connu, les Arabes sont coupables de tout et partout. Même de ce qui se passe très loin de leur pays. Qu'est-ce tu me veux ? Des femmes comme toi…

Tournant les talons, Youcef lance un crachat dans l'eau du port, me plante là et emporte son intempestif dédain vers un quatre-quatre rutilant. Mais au moment où il se retourne pour s'installer au volant, j'ai le temps de voir qu'il a retrouvé ses tics. Il fait rugir son moteur avant de démarrer en trombe.

L'esbroufe du panarabisme et l'invective : le perfide a peur. Il a très peur. Il en a mis du temps à s'extraire du bateau et à oser m'affronter. Il s'est bougrement appliqué à se composer un air impassible. Il a suffi que j'émette une insinuation et patatras ! Le voilà qui débloque, le corps de nouveau a ses démons. J'exulte.

Jamila, l'épouse de Mansour, m'a préparé une *méchouïa*, salade de poivrons grillés, et un couscous aux poissons. Elle sait que Léo en raffole et je suis prête à parier qu'elle s'est appliquée à leur confection en pensant à lui. Avec le recueillement de la conjuration. Je le vois aux remous sombres de ses grands yeux. À cette émotion, à la fois délicate et intense que sa présence, ses gestes, son sourire impriment au silence, quand elle se passe de mots. Les raffinements de la tradition et tous les acquis de la modernité conjuguent leurs bienfaits en cette femme. Elle est d'une plénitude revigorante.

Je ne mange pas, je dévore. C'est bien la première fois depuis longtemps.

Les yeux enjôleurs et caressants avec lesquels Mansour suit les mouvements de sa femme témoignent d'un amour que l'épreuve du temps exalte plutôt que de l'entamer. J'avais d'emblée apprécié Mansour pour la vénération avec laquelle il invoquait sa femme à tout bout de champ. Lors de notre première rencontre, quelques années auparavant à l'île de La Galite, il nous avait tout de suite parlé d'elle. Tout était motif à répéter : Jamila, Jamila. Jamila signifie « la belle ». Et toute la perfection que ce prénom est censé incarner illuminait le regard de Mansour quand il parlait de sa femme.

J'éprouve une grande gratitude à lui voir la même adoration, la même faconde bienveillante. La même loyauté.

Je me garde de rien révéler des soupçons qui m'amènent à Mahdia. Sans preuve, il me répugne d'ajouter à l'inquiétude de Mansour à propos des agissements de son associé. Je lui raconte, cependant, la façon dont ce dernier m'a accueillie au port. Mansour s'étrangle d'indignation :

— L'ordure ! Chaque jour qui passe aggrave son cas. Sais-tu qu'il en pince pour toi depuis toujours ? Je voudrais que tu voies comme les *ouleds* (garçons) le ridiculisent dans son dos.

La pensée que Youcef puisse simplement me désirer ne m'a jamais traversé l'esprit. Ma répulsion réduit-elle à ce point ma clairvoyance ? Le souvenir de son crachat, lancé comme un projectile dans les eaux glauques du port vient dissiper toute ambiguïté. Mansour tente d'argumenter : son associé craint tellement Léo, « le Lang », qu'il réprime son attirance pour moi. Mansour dit qu'il le redoute et le jalouse autant qu'il le respecte. Que la complexité des sentiments que Léo provoque en lui est parfois si violente qu'elle confine à la haine. Mais que dans l'instant qui suit, Youcef sidère tout le monde en le portant aux nues. Il lui donne alors du « Léopard ».

Une évidence se fait jour aux dernières phrases de Mansour : je n'entre en jeu dans les convoitises de Youcef que dans la mesure où il me considère partie intégrante des « biens » de Léo. Non pas le plus précieux. Celui dans lequel s'agrègent nombre de tabous. Certainement.

Est-ce que le fait d'être orphelin, lui aussi, participe à l'imbroglio de ses sentiments ?

Mansour ne souffle mot. Mais à la façon dont il fronce les sourcils, je devine que mes déductions ne sont pas dénuées de pertinence. Après un moment de réserve, Mansour entreprend d'énumérer les méfaits de l'énergumène : toujours à chercher querelle aux plus gros clients. À vouloir semer la zizanie entre les *ouleds*. Heureusement que ceux-ci ne s'y trompent plus. Mais ce qui préoccupe le plus Mansour, c'est que Youcef s'est mis à flamber plus d'argent qu'il n'en gagne. Du moins en tant que pêcheur… Soucieux, Mansour se gratte le front :

— Ça sent mauvais.

Les éternelles disputes entre les deux associés ont abouti à cantonner Youcef à la partie strictement maritime de leur activité. Le volet terrestre : commercialisation, comptabilité, contact ou autres démarches, c'est Mansour qui s'en charge. Cette dichotomie expose « les garçons » à la tyrannie de Youcef. Sans plus de garde-fou. Un pis-aller. Sinon, c'était la faillite assurée, tant Youcef insupporte les clients. Mansour soupire :

— Cela ne l'empêche pas de frimer : « Bientôt, je vous quitterai tous. Et à moi la belle vie. » Je me retiens de lui clouer le bec : « À quand cette baraka ? » Je nommerai Nabil chef d'équipe. Débarrassés de Youcef, nous deviendrons des enfants bénis de la mer.

Mansour s'émeut à la prononciation du prénom de son marin favori. Nabil a été tant affecté par la disparition de Léo. Mais depuis ce matin, cet être de cœur affiche une mine encore plus torturée. Est-ce que ma venue ravive son chagrin ? Y a-t-il autre chose ? Mansour s'avoue à la fois affligé et vexé que son second n'ait pas éprouvé le besoin de s'en ouvrir à lui. Ce n'est pas faute de l'y avoir incité tout au long de la matinée.

Je suggère à Mansour que Nabil est peut-être préoccupé par des démêlés avec les parents de Kenza, son amoureuse. Il ne le pense pas. Vaille que vaille, le garçon a appris à s'accommoder de cette animosité. Du reste celle-ci n'explique pas la frayeur du jeune homme à mon apparition. Mansour se montre catégorique : Nabil parle naturellement de Kenza. Ses colères et ses rébellions contre les parents de la jeune fille ne font plus mystère pour personne. Puis, avec un regain de confiance :

— À toi, il va te dire ce qu'il a sur le cœur.

Je n'ai pas débouché de la rue que je le vois assis sur le quai à m'attendre devant *Vent de sable*. Mon cœur se met à battre la chamade. Je craignais tellement que Nabil reprenne la mer sans que nous ayons pu discuter. Je presse le pas. Au bond du jeune homme à mon approche, je reconnais la souplesse de l'athlète qui cultive les sauts périlleux, du plus haut du bateau, avec la maestria d'un voltigeur. Le visage crispé, Nabil se force à me sourire :

— Ça va, Shamsa ?

Avant que j'aie pu répondre, il se saisit de mon bras et jette un œil anxieux par-dessus son épaule. Une même prudence nous propulse vers un café à proximité. Sitôt réfugiés dans la pénombre d'une salle à demi déserte, Nabil laisse libre cours à son affolement et à sa fureur :

— Shamsa, ce matin quand les *ouleds* ont commencé à décharger le poisson, j'étais encore à l'intérieur du bateau à finir de remplir des papiers. Au moment où j'allais les déposer dans le bureau à côté de la cabine, j'ai entendu Youcef qui rouspétait au téléphone en essayant d'étouffer sa voix : « Mais elle est là, je te dis ! Elle est là. On ne va pas l'enlever, elle aussi. Bordel, mais qu'est-ce qu'ils foutent les Libyens ? Il faut que tu viennes. Je veux que tu viennes. Débrouille-toi ! Quand ? Après-demain ? C'est pas encore un bobard ? Je serai dans le bateau à minuit. » Je ne savais pas de quoi, de qui il parlait. Après, je suis descendu. Je t'ai vue, Shamsa. Alors j'ai compris et la peur m'a mis la tête en bouillie.

J'en perds le souffle. Au bord de la syncope, j'inspire enfin avec un râle de poitrinaire. Nabil vient à mon secours en martelant :

— Sham-sa, ça-veut-dire-qu'il-est-vi-vant, Léo. Il-est-vi-vant. Ils-l'ont-en-le-vé. On-va-le-re-trou-ver !

Peu à peu, la conviction de Nabil rejoint celle qui me tient depuis huit mois. Léo n'est pas mort. Mon cœur continue ses ruades. Mais je respire mieux.

— Tu es sûr d'avoir entendu ça ? Enlever ?

— Ça, si j'en suis sûr !

Le regard de Nabil persiste à soutenir le mien. Non, non Youcef ne l'a pas vu. Il a attendu que ce maboul parte de la cabine pour passer. Nabil continue à me parler. Il parle. Il parle. Il décrit l'épouvante qui a fondu sur lui lorsqu'il m'a découverte sur le quai et qu'il a compris. La matinée passée à y réfléchir. Son mutisme face à l'inquiétude de Mansour qu'il tient à préserver. Il me livre ses soupçons sur l'attitude de plus en plus louche de Youcef.

Je lui expose les rares éléments de l'enquête en ma possession. Consterné, Nabil m'avoue qu'il s'est toujours douté que Bertrand Simonet, cet autre *jiâne* (affamé ou cupide) et Youcef tramaient un coup tordu dans le dos de Léo. Mais il n'en a jamais eu la moindre preuve. Une nuit, rabroué encore une fois par les parents de son amie Kenza, Nabil s'était tant enivré qu'il n'avait osé rentrer chez la mère Milouda qui le loge dans la vieille ville. Il avait préféré se rencogner dans son chagrin et entre les flancs de *Soltane*. Et cacher son piteux état en fond de cale avait un autre avantage : même terrassé par un sommeil aviné, Nabil serait du départ pour la pêche.

En arrivant au port, la cabine éclairée de *Soltane* l'avait arrêté. En dépit de son ébriété, Nabil avait eu le réflexe de chercher, parmi les voitures garées à proximité, « la grosse Mercedes gris métallisé, immatriculée en Algérie » déjà aperçue. Elle était là comme les deux fois précédentes, les seules fois où Youcef était revenu à bord de *Soltane*, tard le soir, un jour férié. Nabil en avait noté les numéros minéralogiques. Et allongé sur un ponton entre des bateaux, il avait guetté le propriétaire. Un petit bedonnant qui, « son carrosse *ouach-ouach* » (qui en jette) mis à part, n'avait rien d'un caïd. Tout à l'heure, c'est à cet homme-là que Youcef devait s'adresser. C'est cet Algérien, son interlocuteur.

Soltane ne va pas tarder à appareiller. Seule cette contrainte parvient à arracher Nabil à nos réflexions. Il se lève et s'en va. Je ne bouge pas, en dépit de ma hâte à sortir d'ici et à appeler Lorenzo. Youcef doit être aux aguets. Qu'il en vienne à suspecter Nabil et notre offensive s'en trouverait compromise. J'attendrai que le bateau de pêche ait quitté le port.

Restée seule, j'observe enfin les lieux. Au plafond, un grand ventilateur brasse une atmosphère chargée : des effluves de menthe, ceux plus capiteux de la cannelle et de la fleur d'oranger des pâtisseries. Âcres relents de café, de thé cuits et recuits, de sueur. Remugles de mauvais tabac. L'air est si saturé que les pales donnent parfois l'impression de s'y enliser. Je fixe les saccades de leur rotation avec la sensation d'y contempler l'évolution heurtée de mes pensées dans le cloaque qui me cerne de toute part.

À ma droite, un vieil homme édenté pique du nez et semble mâchonner d'antiques rêves restés inassouvis. Quel improbable projet sont en train d'échafauder ces cinq jeunes hommes, là-bas, sur le côté gauche de la salle ? Quel problème familial ou national évoquent-ils avec cette désaffection qui suinte l'ennui ? N'importe quel jeu, n'importe quel mensonge aurait exigé d'eux plus de conviction et d'allant.

Après-demain, jour de repos et du rendez-vous fixé par Youcef, Nabil regagnera *Soltane* à la tombée de la nuit. Dès que Youcef apparaîtra aux abords des quais, Nabil se dissimulera dans la penderie de la cabine, derrière les cirés. J'ignore encore où je me tiendrai. Dans *Vent de sable* ? Cachée tout à proximité de *Soltane* ? J'ai proposé d'avertir Nabil de l'arrivée du quidam au moyen d'une seule sonnerie sur son portable. « T'inquiète, la cabine du bateau surplombe l'ensemble des pontons. C'est le meilleur poste d'observation. J'aurai l'œil sur tout. » Je n'interviendrai donc qu'en cas de grabuge à bord. Si, pour quelque raison que ce soit, Nabil me paraissait en danger. Lorsque Youcef et l'Algérien se sépareront, Nabil viendra me rejoindre. À ce moment-là seulement, nous avertirons Mansour. Et nous irons ensemble au commissariat.

Lorenzo, qui veille à conserver l'avantage sur ses homologues étrangers, se sera chargé de rapporter nos dernières découvertes et notre plan à la police tunisienne. Trop contente de bénéficier de son inestimable concours, je n'ai aucune envie de le voir évincé par les autorités locales. Lorenzo avance qu'il est fort probable que celles-ci prennent en filature les deux hommes au lieu de procéder à leur arrestation immédiate. Je ne peux que ronger un peu plus mon frein à cette perspective. « Que votre ami, ce Nabil, aille faire une déposition dans les règles. Mais vous, vous avez intérêt à déguerpir fissa, maintenant que c'est enclenché. Avec vos origines et tout ça, vous risquez de vous trouver dans un vrai merdier. Je ne donnerai l'alerte qu'un moment avant le rendez-vous fixé par les sbires. Cela vous laisse 48 heures. Largement de quoi atteindre le port de votre choix. Pourquoi pas Reggio ? » Je sais que Lorenzo a raison. Mais l'idée de partir au moment crucial m'est inacceptable. L'Italien s'énerve à l'autre bout du fil : « Maa ! Je vous tiendrai au courant, moi ! C'est ce que j'ai fait depuis le début, non ? Il va vous arriver des noises. Et il me sera plus difficile de vous aider… » J'ai souri à son exclamation. J'ai failli lui dire qu'il s'exprimait comme un flic bougrement français. Avant de raccrocher, je promets de réfléchir à ses suggestions.

Perchée sur la digue, je réexamine par le menu les faits de la journée. C'est si rare que les variations du couchant sur la mer me laissent à ce point indifférente. Qu'est-ce qui, soudain, me donne ce sentiment d'être épiée ? Je ne saurais le dire. J'entreprends de scruter les alentours sans rien y distinguer de suspect. Il n'y a là que les badauds habituels des ports. Les flâneurs qui aiment à rêvasser près des bateaux et de la Grande Bleue.

Ce n'est pas le moment de céder à la paranoïa.

Quand la nuit n'est plus loin et que la canicule inverse son flux, c'est l'heure où la pierre, le sol et l'asphalte larguent la chaleur du jour en un souffle qui brûle les narines et fait vaciller. L'heure de cette hypnose suffocante de juillet qui s'abat sur la terre d'Afrique du Nord et en asphyxie même les cigales. J'ai beau y être accoutumée, je me sens quand même liquéfiée. Mais mon esprit est loin de désarmer. Des questions s'y entrechoquent dans la torpeur, au rythme de mon pas : pourquoi ont-ils enlevé Léo ? L'ont-ils tué ? Est-ce pour cela qu'il n'y a pas eu de demande de rançon ? Pas le moindre signe ? Je me cabre à cette déduction. Non, non ils doivent être empêtrés dans leurs conflits, leurs trafics, leur marasme. Ils attendent le moment propice ou la venue du Messie. Ça peut durer des lustres. Je connais ça.

L'intérieur du bateau est une étuve. J'ouvre tous les hublots dans le vain espoir d'y créer une circulation d'air. Soudain, un frisson d'horreur me paralyse : l'un des couteaux de cuisine est profondément planté au beau milieu de la table du carré. Après un moment de stupeur, je tourne sur moi-même en détaillant l'habitacle. Outre cette menace, on a pris soin de me signifier, plutôt par le déplacement de rares objets que par du désordre, que le bateau a été fouillé de fond en comble : le réveil est dans l'évier. Le livre de bord est ouvert aux dernières annotations de Léo. Celles du 26 octobre, jour de sa disparition, alors qu'il était resté fermé depuis mon arrivée à Mahdia. Les ciseaux que j'avais posés sur la table à cartes avant de sortir sont sur une banquette. Je m'avance encore et découvre l'élément crucial de cette mise en scène visant à m'intimider : le soutien-gorge de mon maillot a été coupé entre les balconnets et trempe dans la cuvette des toilettes. Ce symbole caricatural parvient à m'arracher un sourire pincé.

La porte de *Vent de sable* n'a pas été forcée. Je l'ai ouverte sans accroc. J'en vérifie encore la serrure. Elle ne porte aucune trace d'effraction. Mon cœur s'emballe : le second jeu de clefs de *Vent de sable* non retrouvé à bord... C'est donc que les ravisseurs sont bien ici. Sans le couteau profondément planté dans la table et le soutien-gorge démembré, j'aurais pu croire à une perquisition inopinée des agents secrets tunisiens. À moins qu'ils ne nourrissent quelques soupçons à mon égard et espèrent me pousser dans mes retranchements par de perfides stratagèmes. Eux sont experts en matière de serrure.

Pantelante au milieu du bateau, les pensées en bataille, je mets un certain temps à distinguer une ombre sur le quai en face de *Vent de sable*. Je tressaille avant de m'apercevoir qu'il s'agit de Nabil.

— Mais, qu'est-ce que tu fais là ? Tu n'es pas parti avec *Soltane* ?

Il tire sur les amarres, saute dans le cockpit.

— Je ne pouvais pas te laisser seule ce soir. « Ils » sont déjà là. Quand je suis arrivé à bord de *Soltane*, Youcef hurlait au téléphone. Il était question de règlement. Il s'est plaint d'être tenu à l'écart. Il leur a parlé de toi, leur ordonnant de te laisser tranquille. Il leur a crié que ce que tu as dit, c'est que du bluff. Que s'ils s'affolent, ils iront à la catastrophe.

Nabil a ralenti le pas pour écouter. Les complices de Youcef projettent-ils de s'en prendre à moi ? En tout cas, ils ont avancé leur rendez-vous avec Youcef à demain soir. Est-ce seulement pour le calmer ? Ont-ils décidé de changer de tactique ? D'intervenir immédiatement ? Inquiet à mon sujet, Nabil a trouvé illico la parade : il a replié son bras droit contre son torse, l'a tenu de la main gauche et, grimaçant, s'est avancé vers Youcef qui s'époumonait encore au téléphone : « Je me suis démis l'épaule en dégringolant du haut de l'escalier de Milouda. J'espère que je n'ai rien de cassé. Il faut que j'aille voir un toubib. » Youcef l'a congédié d'un geste de la main tout en continuant à brailler.

Nabil est l'inverse du tire-au-flanc. C'est sur sa sagacité et son charisme que reposent la cohésion de l'ensemble des marins et le bon déroulement de la pêche, en dépit du conflit entre les deux associés, des dérapages outranciers de Youcef. C'est pourquoi Youcef, qui est la suspicion même, n'a pas douté un instant des paroles du jeune homme. La dextérité de Nabil m'épate. C'est peu dire que je suis ravie de pouvoir jouir de sa présence en pareille circonstance.

Ai-je une arme à bord ? demande Nabil en désignant les marques d'intimidation. Léo et moi avons toujours été atterrés qu'on puisse seulement nous poser cette question. Nabil retire le couteau de la table. Je range le réveil et les ciseaux. Simulant un accès de bonne humeur pour me décrisper, Nabil va chercher la gamelle qu'il a abandonnée sur le rebord du cockpit en sautant dans le bateau. Il m'explique le détour qu'il a dû effectuer avant de me rejoindre.

En effet, Nabil ne pouvait se diriger vers *Vent de sable* en quittant *Soltane*. Sous les yeux de Youcef. Alors il s'en est allé chez Milouda, sa logeuse, devenue pour lui une seconde mère au fil des années. Il l'a trouvée en train d'ajouter un dernier zeste de son secret à une *mloukhiya*, ce plat national tunisien à base de poudre de corète, dont plus personne ne s'avise de lui disputer l'excellence. Elle envisageait de m'inviter à dîner. Nabil a dû lui débiter la même fiction à propos de son épaule : non, non, rien de cassé. À l'hôpital, on a été formel. Et de poursuivre qu'il met à profit cet intermède inattendu pour m'emmener rendre visite à Kenza, son amie, retenue à Tunis par la préparation d'un examen. Que Milouda ne s'inquiète donc pas. Il se pourrait bien qu'il ne revienne que dans deux ou trois jours.

Je lui sais gré de m'avoir évité de décliner si aimable attention. Nabil adopte un ton faussement triomphal pour conclure :

— Milouda était heureuse de me donner sa *mloukhiya. Meskina,* la pauvre, elle croyait qu'elle allait régaler Kenza aussi, autre inconditionnelle de son plat.

Je me laisse tomber sur une banquette du carré avec soulagement et reconnaissance. Je peux enfin m'abandonner à contempler le bel homme, ce frère d'infortune venu à mon secours. Son irrésistible rire qu'illumine la parure éclatante de sa dentition. Sa tignasse dont les lourdes boucles semblent avoir volé à la nuit ses plus mystérieux reflets. La disponibilité, la générosité et la vigilance avec lesquelles il m'entoure… Tout concourt à rehausser son charme et à me rassurer.

Un doux souvenir me submerge : dressé à l'avant de *Vent de sable*, Nabil nous avait guidés, Léo et moi, dans l'étroit chenal dont il connaît par cœur le dédale à travers le lacis des hauts-fonds qui cernent les îles Kerkennah : « Tu verras, c'est un petit bout de désert en pleine mer, peut-être pas aussi beau que le tien », ne cessait-il de me répéter. J'avais lu cela dans le guide de navigation. Et même abondamment prévenue, j'avais dû me forcer pour faire bonne figure et cacher ma déception à notre arrivée sur son île natale : sur le rivage un reste de sable, constamment grignoté par la mer, s'encroûtait par endroits d'un limon sec, tout craquelé. Les rares palmiers étaient brûlés par les embruns. Tout ce qui aurait dû figurer une oasis était atteint de pelade, témoignant du sursis d'une végétation déjà étiolée. Comment pouvait-on nommer désert cette lande rabougrie ?

C'était un jour de congé et toute la fratrie de Nabil était là. La maison familiale était en briques de terre, très rudimentaire, semblable à celles des ksars du désert. D'une propreté remarquable. Au milieu de la pièce principale, trônait une machine à coudre. Singer évidemment. Mais Léo et moi n'avions d'yeux que pour la mère de Nabil tant sa beauté transfigurait les lieux. Elle était veuve depuis dix ans et ne devait guère en avoir plus de quarante-cinq. Ses cadets, des jumeaux, venaient juste d'entrer au collège. Un autre fils et deux filles étaient internes au lycée de Sfax. Nabil était son aîné. Alors nous avons compris pourquoi ce garçon si doué avait dû interrompre ses études. Et pourquoi, au lieu de jouir d'un appartement ou d'une maison à Mahdia, il logeait chez la vieille Milouda qui, certes, le vénérait, lui donnant du « mon Prince ». Les parents de Kenza, son amoureuse, avaient bien dû se rendre à l'évidence : ce garçon était condamné à s'acquitter d'une dîme familiale pour une quinzaine d'années au moins. D'où leur réticence à voir leur fille, que de hautes études promettaient au plus bel avenir, unir son destin à cet être déshérité. Pour pallier l'adversité, Nabil était devenu autodidacte, dévoreur de livres. De mémoire de navigatrice, je n'avais jamais croisé de lecteur aussi passionné parmi les gens de la mer. Même à bord de *Soltane*, Nabil possède toujours sa « réserve de vivres ».

Léo et moi avions bu le thé et regagné le bateau à l'ancre. Non sans promettre de revenir dîner avec l'ensemble de la famille. Du cockpit de *Vent de sable*, nous avons admiré la chorégraphie des *loudes*, ces petites barques très fines, munies de voiles latines qui se déployaient en ailes effilées. Dans un même glissement, une même féerie, elles s'étaient rabattues au fond de la crique. Comme en une révérence de fin de ballet.

Avec des gestes ancestraux, les pêcheurs déchargeaient leurs menues prises dans un chuchotement continu, ponctué de rires. Le caractère rudimentaire de leur outillage relevait du raffinement. Émerveillés, Léo et moi avions découvert les ravissantes petites poteries servant à piéger les poulpes. Elles s'égrenaient en guirlandes sur de longues cordes et tintaient comme des grelots. Le piaillement des mouettes, qui tourbillonnaient tout autour avec convoitise, complétait le tableau. Les lueurs rasantes du couchant enflammaient la mer. Le relief des hauts-fonds façonnait une mosaïque de feu à fleur d'eau. Peu à peu la magie de l'île opérait, nous donnant l'étrange sensation de n'avoir pas navigué vers une île si proche du continent mais loin, très, très loin dans le temps.

Le lendemain, alors que Nabil et Léo proposaient une visite au village voisin, j'avais manifesté l'envie de demeurer en compagnie de la mère de notre ami. Étonnée, elle m'avait gratifiée d'un sourire. Je l'avais questionnée sur son aptitude à cette vie insulaire, quasi monacale, dans cette maison isolée : « J'ai aimé un gaillard de cette île. C'était quelqu'un ! Les enfants sont venus. Et quand la mort m'a pris mon homme, je suis restée à côté de sa tombe. J'ai les jumeaux avec moi et puis ça. » Elle avait exhibé l'objet fétiche de sa vie retirée, un téléphone portable : « Nabil me l'a offert il y a longtemps. Alors, je suis toujours en contact avec mes enfants lorsqu'ils sont sur le continent. Nabil m'appelle au moins une fois par jour. » Au cours de notre discussion, elle m'avait avoué la culpabilité qu'elle éprouvait à dépouiller son merveilleux aîné. Sa difficulté à trouver de menus travaux de couture, de vannerie, de n'importe quoi. L'île est si pauvre : « Regarde, le toit fuit et ce mur menace de s'écrouler. Je n'ai pas les moyens de les réparer. Et à aucun prix je ne voudrais que mon fils se prive davantage pour nous et ne puisse voir Kenza dignement. » Je lui avais demandé à combien elle estimait ces réparations. Elle m'avait murmuré un chiffre approximatif en levant les bras au ciel en signe d'impuissance avant d'éclater de rire : « Mon bonheur, c'est que mes enfants aillent bien. Tu as vu comme ils sont beaux et heureux de vivre ? » J'acquiesçai vivement. « Alors, le reste… » Elle avait fini sa phrase d'un haussement d'épaules goguenard qui souleva sa poitrine plantureuse. Pas plus que son fils, elle ne tolérait qu'on portât sur elle un regard compatissant.

Dès notre retour sur le continent, nous lui avions envoyé un mandat bien plus important que la somme requise pour ses travaux. Je lui avais téléphoné une semaine plus tard. Elle était si confuse, embarrassée :

— Mais comment vous rembourser ? Il me faudrait des années !

— Ne t'inquiète pas. Nabil nous gâte depuis tellement longtemps avec le meilleur de la mer sans jamais accepter de paiement ! Considère que c'est la somme que nous croyons lui devoir ou que c'est notre façon de partager quelque chose d'autre avec lui, même à son insu. Car il ne faut pas le dire à Nabil. Il est si orgueilleux qu'il en serait mal à l'aise et nous en voudrait. Et puis qui sait, un jour c'est peut-être nous qui aurons besoin de ton aide.

J'ignorais alors que mes paroles étaient prophétiques. Si elle savait ce que son adorable fils était en train d'accomplir pour Léo ! Il faudra bien qu'on le lui apprenne ! Je regarde Nabil et fais un vœu : lorsque Léo reviendra, nous avancerons à Nabil la somme nécessaire au rachat de la part de *Soltane* revenant à Youcef. Sans intérêt et avec toutes les latitudes pour le remboursement. Mais, je me garde bien d'en rien divulguer pour le moment. Cet altruiste ne saurait souffrir qu'un quelconque soupçon de vénalité vienne entacher l'élan qui le porte à faire front avec moi.

La sonnerie de mon portable nous fait sursauter. C'est Jamila, l'épouse de Mansour, qui propose de venir me chercher. Mansour voudrait nous emmener dîner dehors. J'invoque mes traversées, le manque de sommeil et reporte nos retrouvailles au déjeuner du lendemain.

Une question de Nabil me ramène à notre préoccupation essentielle :

— Où crois-tu qu'ils détiennent Léo ?

Lou

Que t'ont-ils fait ? Et pourquoi ? Youcef a mentionné l'implication de Libyens. Est-ce par les côtes de leur pays qu'« ils » t'ont fait rentrer en terre d'Afrique ? Nous savons tous les deux à quel point les rivages du Maghreb sont quadrillés, ratissés. Seules des complicités entre trafiquants et officiers peuvent permettre les esquives. Un long passé de probité politique avait, jusqu'alors, épargné à la Tunisie l'expérience de la corruption et des délits de toute sorte. Le régime d'airain de Ben Ali est en train d'engendrer le pourrissement propice à l'illégalité. Cependant, il reste aux Tunisiens beaucoup à apprendre de leurs voisins en la matière.

Dans ce contexte et vu le relevé de ta dernière position en mer, cela me semble tout à fait plausible qu'« ils » t'aient emporté vers la côte libyenne toute proche. Youcef est trop pleutre et agité pour se voir confier pareille mission. Et ce genre de tractations fait encore plus florès en Libye qu'en Algérie. Lou, serais-tu dans le désert ? Toi, prisonnier des infinis que tu chéris par-dessus tout ? Comment aurais-je pu y penser après ta disparition en mer ? Pour une fois, j'avais oublié que tout ce qui me fait mal ne peut provenir que de là.

J'ai enfin une réponse au leitmotiv de Blanche – longtemps énigmatique pour moi : « Tu es une fille des grands espaces. » C'est la liberté mon plus grand espace. Elle seule a pu m'insuffler l'acuité sans laquelle les splendeurs de la nature n'auraient eu aucune résonance en moi. Sans elle, je serais restée en retrait, en marge de la vie. Mais c'est ton amour, Lou, qui a été l'étincelle de cette conscience.

Soudain l'épopée de ce fou qui se faisait appeler le Para – un transfuge de l'armée algérienne qui avait rallié la guérilla intégriste – me revient à l'esprit. En 2003, il avait enlevé 32 Occidentaux, nous tenant en haleine pendant des mois. Une femme, Michaela Spitzer, est morte d'épuisement et d'insolation. Lou, pourquoi le nom de cette femme est-il resté gravé dans ma mémoire ? Michaela Spitzer, morte au désert.

Nous évoquions souvent ces otages tellement emblématiques des problèmes du Sahel. Tu fixais la carte du désert, derrière ton bureau, m'obligeant à me tourner vers elle. Avant toi, je ne pouvais pas regarder ces illustrations. Leur grand vide me happait le cœur. Au reste, le Sahara n'était qu'un néant pour toute la population algérienne qui n'y vivait pas et ne s'y rendait jamais. Des gens du Nord, seuls quelques malchanceux ou parias y étaient mutés par mesure disciplinaire. En prison ou en pénitence. Il a fallu qu'adviennent les années 90 et leur bain de sang pour que les *chichis* (les bobos), n'ayant pas obtenu de visas pour fuir vers l'étranger, aillent y trouver refuge loin des massacres.

Longtemps le désert n'a été une destination suprême que pour des fêlés de ton genre.

Tu effleurais d'une main les immensités du Sahel, maintes fois parcourues. Le relief mouvant de ta paume et tes longs doigts caressant ce néant me donnaient des frissons. Tu me considérais d'un air navré. Tu en connaissais autant que moi sur cette zone de non-droit où grenouillent toutes sortes de truands. Un no man's land de cinq millions de kilomètres carrés, entre le sud du Sahara et le nord des régions tropicales.

Parfois pris d'une même colère, nous débattions des problèmes qui infestaient cette contrée : les guérillas contre des régimes vérolés, le repli du terrorisme, leurs trafics d'armes, de cannabis… Même les drogues dures de la mafia sud-américaine transitent souvent par le Sahel, l'accès à l'Europe devenant de plus en plus difficile par les voies classiques. GPS et téléphones portables contribuent à cet essor à travers des déserts auparavant infranchissables. La jeunesse désœuvrée et miséreuse de ces contrées est une proie facile que les émirs autoproclamés, les trafiquants, les mercenaires, les dealers, asservissent à merci. Sans compter ceux qui spéculent sur les contingents d'immigrants. Alors que le sous-sol de cette « terre maudite » regorge de richesses.

Et tu concluais avec rage : « En somme, les mafieux s'adaptent plus aisément à la mondialisation que les régimes politiques et les prennent de vitesse. »

Je n'ai jamais autant parlé du désert qu'avec toi. D'ailleurs, c'est plutôt toi qui le racontes, le décris. Je te suis comme si nous le parcourions ensemble. J'aime t'écouter. Je t'écoute et du sable succède à la pierre. Je t'écoute et des douleurs de ma région s'élève un chant antique qui m'enivre. Et j'ai commencé d'aimer le désert dans le grain de ta voix. Dans l'amour que tu as pour lui, pour moi.

Tes mots sur mes abîmes m'ont hissée au plus haut sommet de plénitude.

L'envie de nous rendre au désert nous taraude, régulièrement. Des troubles, chaque fois, nous en dissuadent. En vérité, je ne suis pas encore prête au retour. Tu le sais et tu te tais. Tu attends. Pourtant, je n'ai aucune famille qui puisse me menacer, refuser de m'accueillir avec mon mécréant ou m'interdire de m'y afficher, même loin d'elle, avec toi. Les reculades qui ont mené l'Algérie à ce gâchis, cette bigoterie, ce degré d'imposture y suffisent. Dans l'exil – mais est-ce vraiment un exil que de vivre avec toi ? –, la Méditerranée m'est devenue une sorte de loupe braquée sur le Sud. Pour l'instant, et pour longtemps peut-être, ce pays, je préfère le rêver au son de ta voix. Et rêver, pour lui, le triomphe des libertés sur toutes les confiscations et les falsifications. Et je me berce de l'illusion d'y contribuer, un peu, avec mes articles.

Alors nous prenons la mer, l'autre côté du désert. Le côté face de l'amour.

Lou, les derniers des otages de 2003 n'ont été libérés qu'après sept mois de captivité et le versement d'une rançon de cinq millions d'euros. Pourtant ce fieffé Para s'était surpassé en coups d'éclat propres à mettre sur les dents toutes les armées des pays frontaliers du Sahel et asseoir sa notoriété. Toi, cela fait huit mois que tu as disparu. En catimini. Mais tes ravisseurs, quels qu'ils soient, ne peuvent longtemps cacher un grand blond aux yeux bleus dans une Afrique du Nord que la menace terroriste place sous haute surveillance. Les repentis, les indicateurs, les infiltrés parmi les divers réseaux sont légion qui auraient tôt fait de lever le lièvre en gage de zèle. Seules les immensités du Sahel peuvent encore se prêter à cette abjection.

Je me dis que tu dois être par là, et je vois l'immensité vide, derrière toi. Mais, depuis l'épisode du Para, l'Oncle Sam s'est installé dans le Sahel algérien. Ses satellites et ses radars surveillent la contrée et doivent contraindre à la prudence brigands et fondamentalistes. Est-ce pour cela qu'« ils » ne se sont pas manifestés à ce jour ? T'ont-ils emmené vers le Mali ou le Niger ? Tu es leur otage, mais eux aussi sont obligés de se planquer.

Un fait me rassure depuis ce matin, depuis que je soupçonne que tu as été emmené vers ces lieux. Si tu avais été tué, fût-ce par un trafiquant de drogue, n'importe quelle petite frappe se serait emparée de ton cadavre et Al Qaïda au Maghreb islamique aurait revendiqué ta mort comme un trophée. Hélas, c'est déjà arrivé.

Il y a une telle connivence, une telle porosité entre tous ces milieux.

Lou, la nuit est tombée. Nabil et moi n'avons même pas songé à éclairer l'intérieur de *Vent de sable*. Assis face à face dans la pénombre du carré, nous avons oublié et la chaleur, moins suffocante à présent, et la succulente *mloukhiya* de Milouda.

Soudain, le ronflement d'un moteur puissant nous met sur le qui-vive. Nabil bondit vers l'une des cabines et colle son visage au hublot. Je ne bouge pas. La voiture passe au ralenti, fait quasiment du surplace devant *Vent de sable*, au ras du quai. Nabil me dit à voix basse :

— C'est la Mercedes dont je t'ai parlé. Trois bedonnants. Ils ont tous la tête tournée vers le voilier. L'homme au volant est l'interlocuteur de Youcef. Les deux autres sont peut-être les Libyens.

J'ignore s'ils m'ont vue. Il fait bien sombre à l'intérieur et la place que j'occupe sur la banquette est en retrait, hors du champ de vision. Le véhicule s'arrête quelques mètres plus loin. Le souffle suspendu, le corps tendu, Nabil et moi n'en menons pas large. Après un moment, la voiture redémarre. Nabil s'éjecte de la cabine :

— Ils vont revenir, peut-être passer à l'acte. Il est hors de question que tu restes là !

Je saute de la banquette, saisis mon sac de voyage, y fourre ma trousse de toilette, quelques effets, ferme *Vent de sable* et nous prenons la fuite. La voiture de Nabil est garée à proximité du port. Ce n'est qu'après nous être éloignés que nous parvenons à nous détendre. À nous parler de nouveau. D'un commun accord, nous arrêtons notre choix sur l'un des hôtels de la côte. La voiture de Nabil cachée dans un garage en sous-sol, nous y serons en lieu sûr.

Dans la voix de Nabil, l'excitation a chassé toute trace d'appréhension. Un doute m'envahit tout à coup, Lou : est-ce que je ne rate pas l'occasion de négocier ta libération avec ces hommes ? Nabil fulmine :

— Tu es folle ! Ils ne vont pas négocier avec quelqu'un qu'ils savent de mèche avec toute la flicaille de la Méditerranée, une femme qui plus est ! Tu les vois faire ça ? Ce qu'ils veulent, c'est te cuisiner, apprendre où en est l'enquête. Ils sont aux abois. Moi, j'ai peur qu'ils t'enlèvent, toi aussi. Tu leur fournirais enfin la médiatisation et le moyen de pression qu'ils attendent !

Lou, je me range volontiers à ses arguments. Je ne te serais d'aucune utilité aux mains de ces truands.

Nabil et moi occupons des chambres communicantes. De temps en temps, l'un de nous passe la tête par la porte pour partager ses réflexions. Impossible de dormir. Mon cœur se serre à la découverte du texto de ta mère, envoyé dans la soirée : « Ne nous oublie pas ! » Caroline a dû me lancer cette imploration en douce de Régis. Je les imagine, Régis et elle, trépignant d'impatience et n'osant me harceler. Il leur tarde de venir me rejoindre. J'ai pensé à eux maintes fois dans la journée et réprimé mon envie de leur téléphoner. Comme le temps me semble long depuis que je leur ai parlé. C'était seulement hier mais j'ai traversé tellement de péripéties.

Lou, loin de tes parents, seule en mer, dans un autre départ encore une fois incertain, un doute m'a assaillie à deux reprises : tu n'as pas disparu, tu n'existes pas. Tu n'as jamais existé. Tu n'es qu'une invention de mon désir vital de compter pour quelqu'un. Quelqu'un d'autre pour une autre rive. Un étranger, forcément. Un grand blond diamétralement différent des moricauds de ma terre natale, ancré ailleurs, dans d'autres valeurs. Ce déplacement m'accordait, de surcroît, l'avantage de pouvoir fouler aux pieds toutes mes préventions contre les « chimères ordinaires ». Qu'ai-je donc fait de ma liberté enfin à l'abri des représailles et des interdits algériens ? Je me suis inventé une fiction pour aborder la plus grande altérité, pour moi, l'amour.

Chaque fois, je me suis précipitée vers ton portrait au-dessus de la table à cartes. Et le bleu éclatant de tes yeux a emporté mon inquiétude comme un raz de marée. Ton regard ne m'est pas un mirage. Il me suffit d'y plonger le mien pour que je nous y retrouve, souffles et corps mêlés dans le repaire de nos secrets et de nos serments.

Lou, suis-je encore éveillée ou en train de rêver ? J'écoute la mer, j'entends le vent de sable. Pour la première fois ce soir, mon espérance que tu sois en vie se change en conviction. Pour la première fois, je prends conscience de ce que je comble en te cherchant. En te retrouvant surtout. Cette sorte de revanche que m'offre le désert était totalement inespérée. J'ai vaincu mille obstacles, opéré mille détours, le dernier par la mer, sœur jumelle du désert, plus clémente, mais tout aussi imprévisible, pour triompher de ses silences, à lui, et de ses disparitions. Je ne suis plus condamnée à la perte à perpétuité. J'écoute la mer, j'entends le vent de sable. J'avais si peur d'en arriver à détester la Méditerranée si je ne te récupérais pas. Comme longtemps j'avais honni mon désert natal. J'écoute la mer. Je te vois. Je te vois foulant les frissons arrêtés des dunes. Je te vois dans cette jalouse lumière. Je te veux ainsi. Tu n'as pas les jambes brisées, cette fois. Ton intelligence, ton endurance et ta ténacité sauront combattre l'opportunisme et la cupidité. Dis, tu ne t'es pas laissé gagner par la compassion envers tes geôliers ? Par ce lien complexe qu'on décrit entre otages et ravisseurs ?

J'écoute la mer, j'entends le vent de sable. Je sens la montée du désir que j'ai de toi. Ce besoin ardent de ta peau, de ton corps. Je viens dans le vent de sable. Il me porte et chante pour moi : « Tu es vivant et j'ai envie de toi, envie de toi, vivant. » Continûment.

Le traquenard

Levés tôt, attablés face à la mer, Nabil et moi prenons le petit déjeuner en récapitulant notre plan d'attaque. Nous l'avons mis au point hier soir avec la collaboration de Lorenzo. Mon entêtement à rester en Tunisie est maintenant tout à fait du goût de l'Italien. La donne a changé. La présence de *Vent de sable* et mes insinuations provoquent un tel affolement dans le camp adverse. Nous nous attendons à ce que les acolytes agissent plus vite qu'ils ne l'avaient prévu.

Nabil passe par sa chambre, chez la mère Milouda, afin d'y récupérer les clefs du studio de vacances de l'un de ses amis, situé face au port. Il s'y rend parfois en compagnie de Kenza pour échapper à la bonté envahissante de sa logeuse. L'appartement est au second étage. C'est là que je me tiens. J'y ai une vue plongeante sur *Soltane*. Dès que le poisson sera déchargé et que Youcef aura quitté *Soltane*, Nabil montera à bord, installera un micro dans la cabine pour enregistrer la discussion. Après quoi, il se postera aux aguets.

Lorenzo pense qu'à la lumière de ce qui se passe ici, les policiers parisiens sont maintenant en mesure d'appréhender Bertrand Simonet et de procéder à son interrogatoire. Ce serait excellent que Youcef et son gang viennent à l'apprendre. Ils comprendraient que l'étau est en train de se refermer sur eux. Cela les conduirait sûrement à commettre la gaffe qui leur assénerait le coup de grâce. L'Italien a rappelé une seconde fois plus tard dans la soirée, et, débonnaire, m'a dit que je pourrais quitter la Tunisie lorsque je le voudrais, sans être inquiétée. Il en a obtenu l'assurance auprès du chef régional de la police tunisienne : « Un gars intègre. Nous avons l'habitude de nous rendre mutuellement service en bonne entente... Viendrez-vous à Reggio ? » Je n'ai pas pu m'empêcher de la ramener : « Vous voulez dire que vous travaillez donnant-donnant. À la police tunisienne le gang des Nord-Africains et pour vous, le témoin principal ? » Lorenzo s'est esclaffé de bon cœur et j'ai senti toute la tension de la journée s'évanouir à ses éclats de rire.

Le vent se lève du sud et la mer au loin commence à moutonner. La pensée que, depuis vingt-quatre heures, je ne me suis guère souciée des prévisions de la météo marine me frôle à peine. Plaquée derrière le rideau d'une fenêtre de ce petit studio, je ne quitte pas *Soltane* des yeux. Il est onze heures moins le quart lorsque la voiture de Youcef aborde le quai. Dix minutes plus tard, la Mercedes arrive à son tour avec à son bord les trois hommes aperçus hier soir. Ils se dépêchent de rejoindre le pêcheur sur le bateau.

Mon cœur ne s'affole pas. J'ai la sensation qu'il s'est arrêté. Qu'il est tombé tout au fond. Je ne sais où. Peut-être à mes pieds. Que mon sang s'est figé. Penser à Nabil dans le cagibi des cirés me transforme en bloc d'effroi. Je ne remarque aucune présence policière à proximité du bateau. Mais je ne peux pas prendre le risque d'ouvrir la fenêtre, de sortir la tête pour inspecter les abords du port qui me demeurent invisibles.

Combien de temps encore ? Combien ? À travers les hublots fumés de la cabine, je parviens à distinguer les quatre hommes qui semblent très remuants. Soudain, ils quittent le bateau et filent vers la Mercedes. Je regarde ma montre : 11 heures 45. L'éternité en une heure. Une autre voiture passe dans la même direction. Est-ce celle banalisée des policiers ? Cinq minutes plus tard, je soupire de soulagement en voyant enfin Nabil sortir de la cabine de *Soltane*. Du pont, il exécute l'un de ses sauts majestueux et brandit vers moi le poing droit, pouce pointé en signe de victoire. Je me précipite à la porte du studio, l'entends monter les escaliers quatre à quatre. À bout de souffle, il s'exclame : « Léo est vivant ! Tu avais raison, ils le cachent bien dans le désert. »

J'ai le tournis. Le même vertige que lorsque les bras de Léo me serrent, repoussent les fantômes et les tourments. Que je me love contre son corps, le respire. Que nos cœurs palpitent à l'unisson.

Ce sont d'abord les bras de Nabil qui m'étreignent et me soulèvent et me font virevolter à travers la pièce. Mon besoin d'en savoir plus finit par calmer notre exaltation. Nabil sort de sa poche le petit magnétophone et le met en marche. On entend Youcef aboyer, réclamer sa part d'argent, des explications. À tour de rôle, les Libyens et l'Algérien lui rétorquent : l'argent ne viendra que de la rançon. Léo sera bientôt remis à l'un des maîtres du Sahel, chargé de la suite de l'opération. Youcef les interrompt : « Et la femme, elle a disparu, elle aussi ? Je veux que vous la laissiez en paix ! Et qui a amené ce foutu voilier jusqu'ici ? » L'un des Libyens s'énerve et tranche : « *Barka*, ça suffit ! On y va. On va voir Tahar. Après on revient s'occuper de la femme. » Nabil s'exclame :

— Tu as vu comme il te défend ? Je n'en croyais pas mes oreilles. Il est tordu, ce salaud !

Lorenzo se manifeste aussitôt, pressé d'être renseigné. Il nous apprend que la police parisienne a procédé à l'arrestation de Bertrand Simonet. Croyant que Youcef, arrêté en Tunisie, venait de passer aux aveux, ce poltron de Bertrand s'est aussitôt déboutonné : deux années auparavant, lorsqu'il avait convoyé *Vent de sable* de la Tunisie vers la Grèce, il y avait transporté du cannabis et des drogues dures. Pris à la gorge par de gros soucis financiers, Bertrand aurait vendu sa propre âme pour se renflouer. C'est dire que Youcef n'avait pas dû se fouler pour l'appâter. L'été dernier, Bertrand ne devait ramener de Grèce que des cigarettes et des alcools. C'était ce qu'on lui avait assuré. Lorsque des truands des pays de l'Est ont chargé *Vent de sable* de kalachnikovs, Bertrand a paniqué. La lâcheté prenant le pas sur la rapacité, il a déguerpi sans demander son reste. L'armement embarqué dans une crique déserte tout au sud du Péloponnèse ne pouvait être récupéré dans le port, bien gardé, de Fiscardo. Pour tenter de s'amender, ce traître de Bertrand a promis qu'il ne manquerait pas de communiquer aux truands la date à laquelle Léo irait récupérer *Vent de sable*. Et il a pris soin de se fabriquer un alibi inattaquable en se rendant à Stockholm pour le compte de sa société au moment indiqué.

Quel démon lui a commandé d'envoyer de sang-froid Léo à la mort ? Est-ce que la vénération perverse que Youcef cultive à l'endroit de Léo lui laissait penser qu'il en sortirait indemne ? J'en doute. Bertrand est trop fourbe pour ne pas entretenir plus obscurs ressentiments.

En pleine mer, intrigué par l'allure anormale de *Vent de sable*, Léo n'avait pas tardé à remarquer que la ligne de flottaison était beaucoup plus basse que d'ordinaire et que le bateau enfournait. L'instant d'après, il découvrait que tous les coffres du voilier avaient été bourrés de kalachnikovs. Le premier moment de stupéfaction passé, il décida de se rendre au port italien le plus proche ou de faire signe au premier bateau de Guardia Costiera qu'il croiserait. Bientôt, Léo aperçut un navire à l'horizon. Il crut d'abord que la providence volait à son secours, car la silhouette du vaisseau ressemblait à celle d'un patrouilleur. Mais le bâtiment n'avait pas cessé de le suivre, à la même distance, pendant des heures, le contraignant à envisager le pire. C'est lors de ces interminables moments d'angoisse que Léo avait tenté de joindre Bertrand par VHF. Le scélérat s'était bien gardé de prendre la communication. Ce fut alors que Léo appela Mansour. Si celui-ci avait été en mer, la puissance de *Soltane* lui aurait permis d'être assez rapidement sur les lieux. Hélas, Mansour était à terre, de surcroît en pleine cérémonie familiale. Pris soudain d'une illumination, Léo comprit qu'il n'avait plus une seconde à perdre. Il lâcha le téléphone et se hâta de jeter toutes les armes par-dessus bord. C'était la seule solution possible. Tant qu'il était encore hors de portée d'un fusil à lunette. Léo avait fini depuis longtemps lorsque les truands l'avaient rejoint, prenant d'assaut *Vent de sable*. Léo avait atteint la zone impartie à leur intervention. Fous de rage de ne pouvoir récupérer leur arsenal par ces profondeurs insondables de la mer, ils avaient bien failli tuer Léo sur l'instant. De toute façon, une fois l'armement récupéré, les mafieux envisageaient de balancer Léo à l'eau, loin de la côte et du voilier. Léo aurait fini par se noyer. L'affaire aurait été rondement menée en dépit des défaillances de Bertrand. Le corps de Léo aurait été retrouvé et l'enquête rapidement conclue…

En revanche, personne ne songeait à tuer Bertrand. Le compromettre davantage était, sans conteste, autrement plus judicieux. Bénéficier d'un relais occidental n'a pas de prix au regard des mafieux du Sud. Pestant contre la défection de Bertrand, Youcef n'avait jamais adhéré au projet qui consistait à faire périr Léo par noyade. Il avait essayé, sans succès au départ, de lui préserver la vie arguant que la valeur de celle-ci dépassait le coût de bien des armements. Jusque-là, le clan des Libyens avait rejeté ce plan jugé trop risqué : faire entrer un Européen en Libye, l'acheminer vers le désert algérien n'était pas aisé. Pris au dépourvu et atterrés par la perte de tant d'armes, les Libyens révisèrent leur opinion et se rendirent, en dernier ressort, à la solution de Youcef. La suggestion de l'un d'eux acheva d'emporter les dernières hésitations : qui les obligeait à en référer à leurs complices parmi les officiers de la marine libyenne ? Ligoté et enroulé dans des couvertures, Léo pouvait être débarqué sans problème. Comme n'importe quelle cargaison. De surcroît, le volume réduit de ce chargement, comparé à ce qui était prévu, serait un bon argument pour négocier une diminution du tribut à verser aux officiers. Car ceux-ci ne fermaient jamais que l'œil de la légalité, l'autre restant braqué sur le volume des denrées illicites en transit dont dépendaient leurs gains frauduleux. Et l'honneur de la pègre restait sauf.

J'interromps aussitôt Lorenzo et Nabil. Je dois annoncer la nouvelle à Régis et Caroline. « Léo vivant ? C'est vrai, bien vrai ?! » La voix de Régis se casse sous le coup de l'émotion et vibre d'un bonheur ressuscité. Caroline éclate en sanglots.

Il y a autant de sanglots que de youyous. Ceux-là étincellent de joie.

Des sentiments adverses s'entremêlent dans ma tête : le bonheur de savoir Léo vivant est aussitôt consumé par la peur qu'il se fasse tuer au cours de sa libération. Léo vivant mais à la merci d'un raté des militaires qui excellent à les multiplier, cette hantise n'est pas près de me lâcher. Les filatures de part et d'autre de la frontière algéro-tunisienne, le repérage du lieu où Léo est détenu, la logistique à mettre en branle pour le sauver, tout cela risque de prendre plusieurs jours. Voire des semaines. Il m'est impossible de rester ici à me ronger les sangs, dévorée par l'impatience, l'inaction ou le sentiment de n'être qu'un grain de sable dans les rouages policiers et militaires. Si je devais me rendre en Algérie, ce serait avec Régis. Par avion, pas sur un voilier battant pavillon français. Autant reprendre la mer tout de suite. Nabil est déçu. Lorenzo approuve.

Nabil me raccompagne jusqu'à *Vent de sable*. Je suis tellement submergée par des émotions opposées que je demeure muette à le serrer follement dans mes bras. Nabil me caresse les cheveux et répète : « Léo est vivant ! Il est vivant ! » Puis il m'assure qu'il viendra à Montpellier fêter avec nous sa libération. Il va se rendre de ce pas aux bureaux de la police tunisienne et leur remettre l'enregistrement. Ensuite, il ira mettre Mansour au courant. Oui, oui, il m'excusera auprès de lui et de Jamila…

Je saute dans le cockpit de *Vent de sable*, mets le moteur en marche, largue les amarres et me dirige vers la sortie du port. Je jette un regard derrière moi. Nabil marche le long du quai et m'adresse de grands signes de la main. Je murmure d'ultimes remerciements qu'il ne peut plus entendre.

Lou

Sacré coup de tabac au large, Lou. Le ciel pèse, s'affaisse sur la mer. Les nuages ressemblent à des fleuves bouillonnants de glaise, de cendre et d'encre. La mer a pris leurs couleurs et se dresse, prête à les éventrer. Un vent chaud orchestre ce duel monstrueux. J'envoie une voilure à peine réduite qui s'ouvre au portant, coupe le moteur, ferme le capot. Des vagues énormes soulèvent l'arrière du voilier, affolent l'hélice, passent sous le bateau qui bascule, pointe le nez au ciel pour le repiquer aussitôt, la poupe déjà hissée par la montagne d'eau suivante.

Parfois, une déferlante passe par-dessus bord, me cingle, mitraille les voiles. Je suis entrée dans la transe. Je fais corps avec *Vent de sable*, avec la mer. Barrer au portant par gros temps exige une attention de tout instant.

Lou, les voiles en ciseaux, ton bateau file plus vite que le vent. Je l'aurais volontiers renommé : *La Désirante*. Je me sens bien.

Soudain, l'orage crève dans un tintamarre assourdissant de tonnerre, d'éclairs, et domine le vacarme de la tempête. De grosses gouttes de pluie crépitent sur la coque du bateau, sur ma peau. Elles sont chargées de sable rouge. Et je me surprends, comme à Montpellier, comme ailleurs, à tendre mon visage vers elles avec ce plaisir qui me vient de l'aube de la mémoire. Lorsque ballottée à l'arrière d'un camion et en dépit des langes qui m'emprisonnaient, je poussais la figure vers l'avant afin d'éprouver le grain du sable. C'était cette tension qui avait sauvegardé mon visage de l'ensevelissement. Prémices de l'entêtement de vivre.

Lou, la mer retournée et c'est le désert qui me revient. Ma peur pour toi remet au goût du jour mes défiances envers lui. J'ai le sentiment qu'il t'utilise pour me rattraper. Pour me frapper une fois de plus. Pourquoi persiste-t-il à me persécuter si loin des origines ? Ne lui suffit-il donc pas de m'avoir à jamais amputée des amours de la naissance ? Faut-il qu'il vienne encore me disputer celles conquises hors de ses frontières ? Je tends mon visage vers les trombes d'eau et de sable et je le défie, le fuis. Je pars avec le vent comme à mon premier jour. Mais cette fois, ma fugue est le contraire du bannissement et du renoncement. Toi, je ne te laisserai pas derrière moi.

M'attendras-tu sur le quai ?

J'ai une pensée pour les grappes d'hommes accrochés aux rochers des îles du détroit de Sicile. Pour leur multitude de solitudes accolées. Eux aussi ont cette façon de tendre le visage. Une demande de caresse, un besoin vital d'être touché, de se sentir exister, typique de ceux qui sont sevrés de tendresse, de contacts physiques. Je l'ai observé chez les orphelins aux yeux éteints, lorsque, une fois par mois, les sœurs blanches les emmenaient à l'hôpital afin qu'ils soient pesés, mesurés. Dès que des mains s'emparaient d'eux, leur regard jusqu'alors vide se troublait. Soudain, ils s'animaient et pointaient, avec une force étonnante, leur minois, essayant d'atteindre la poitrine de la personne qui les tenait.

Cette demande innée, muette, ébranlait ou terrifiait, selon.

Lou, à présent que je te sais vivant, ta disparition se résume à une longue absence. Mais en dépit de ce que tu as pu endurer pendant huit mois, je crois pouvoir t'avouer, sans te blesser, combien je suis heureuse d'avoir connu les doutes, les douleurs de ton absence joints à l'espérance de l'attente, chaque jour recommencés. J'ai appris la nécessité de l'amour qui nous fait aimer encore et encore. Envers et contre tout.

À Reggio, Lorenzo vient me rejoindre au port, un grand bouquet de tournesols à la main :

— Tous les soleils pour Shamsa. Je fais des progrès en arabe, n'est-ce pas ?

J'éclate de rire à la perspective de devoir encore caler une pauvre gerbe dans l'évier pour qu'elle survive à quelques jours de mer. Lorenzo se fige devant ton portrait, te fixe longuement avant de susurrer :

— Quel veinard, celui-là.

— Veinard ? Parce qu'il a failli mourir ? Parce qu'il est tenu en otage depuis huit mois ? Parce qu'il a été trahi par un ami ?

— Il a plus de bol que tous ces voyous réunis.

Puis, se détournant de toi :

— Cette fois, vous venez déjeuner avec moi ! Nous nous occuperons de votre déposition plus tard.

Les choses se précipitent pendant que *Vent de sable* parcourt la Méditerranée. Depuis Reggio, je navigue au plus près des côtes pour garder le contact avec les réseaux téléphoniques. J'ai longé la Sardaigne puis la Corse avant une courte traversée, cap sur la Côte d'Azur.

Au large de Carry-le-Rouet, la voix éraillée de Nina Simone se mêle dans ma tête au bruissement de la mer : « *Who am I ?* » C'est moins les paroles de sa chanson que le parcours de la femme qui semble porter au loin ce refrain : « *Who am I ?* » Nina Simone n'a cessé de se chercher entre les Amériques et l'Afrique pour venir mourir en France, à Carry-le-Rouet, si près de chez nous. Cette nomade géante a fini ses jours dans un petit port, face au continent des origines. « *Who am I ?* » Ni plainte ni pleur, mais la clameur de tout un monde en devenir qui s'élève au-dessus des mers, des terres, des frontières. Qui ne renonce pas à fouiller les failles et les fragilités, à questionner les humains, à forcer l'oubli, à puiser aux sources vives des toujours. Elle est comme le ressac des vagues sur toutes sortes de rivages : de roc, de sable ou de boue, dans des vents hurlants ou d'éphémères brises : « *Again and again, and again. Oh, who am I ?* »

À mon cinquième jour de navigation depuis Mahdia, je ne suis plus très loin de Montpellier. Je n'ai jamais autant discuté, en mer, avec ceux restés à terre. Simon, ton ami, qui a mis le C.N.R.S en effervescence et se prépare à sabrer le champagne. Pierre à Céphalonie, Pierre devenu un copain. Mansour et Nabil en Tunisie. Lorenzo à la pointe sud de l'Italie. Lorenzo et Nabil se succèdent à me tenir au courant de l'avancée de l'enquête. De ce qui se passe en Algérie et en Tunisie. Je rapporte tout à tes parents au fur et à mesure, les rassure et cueille dans leur attention, leur affection, leur espoir retrouvé, la force d'étreindre le mien.

Lou, maintenant, c'est Caroline qui m'appelle, sept, dix fois par jour : « Ils » ont parlé de toi au journal télévisé. « Ils » ont dit que le gouvernement français a obtenu de l'Algérie l'assurance que tout sera mis en œuvre pour ta sécurité et ta libération. Le préfet de l'Hérault a insisté pour les rencontrer Régis et elle… Comment est le vent ? Ne suis-je pas trop épuisée ? Ai-je pu dormir un peu ? Qu'ai-je mangé ? Je dois me nourrir correctement. Elle ponctue ses questions, ses recommandations en répétant « ma fille » avec une telle douceur que j'ai appris à accepter cette appellation, à composer avec son étrangeté. À l'instar du sable, les mots cachent parfois du velours derrière de premières rugosités. Avant de raccrocher, Caroline exprime toujours, d'une voix de petite fille, une ultime crainte à ton propos.

Lou, il semble que tu as séjourné plus de six mois entre la Libye et l'Algérie en raison de désaccords et de guéguerres entre gangs. Et dans ces immensités, ces âpres solitudes, tu sais, mieux que personne, que le temps ne compte pas. Tu ne serais dans le Sahel que depuis quelques jours, en prévision d'un contact avec quelque émir d'Al Qaïda, du côté du Mali. La surveillance qu'exerce à présent l'armée algérienne sur la région avec l'aide de l'Oncle Sam rend très difficile ce genre de transaction.

Je te fais confiance pour savourer des moments sublimes au nez et à la barbe de tes ravisseurs.

Piquée au vif, l'armée algérienne houspille ses infiltrés, ses repentis, les menaçant de ses foudres. La convergence des efforts et des intérêts aurait abouti à localiser le groupuscule qui te détient. Ta délivrance serait imminente.

Youcef et toute sa clique ont été arrêtés. La nouvelle la plus troublante me vient de Nabil. L'enquête tunisienne lui a appris que Youcef est de père français. Son père adoptif, cousin de sa mère, est venu du Sud à l'occasion de son arrestation. Il a essayé de le défendre en avançant le poids de ce lourd héritage dans un bled sclérosé du Sud. À la naissance de Youcef, sa mère a été « vendue » à un homme qui l'a emmenée encore plus loin, aux confins du désert algérien… Dès qu'il a pu, Youcef a fui vers la mer. Nabil conclut :

— Tu te rends compte, nous n'en avons jamais rien su, depuis des années que nous travaillons avec lui ! Son comportement envers Léo et toi s'éclaire d'un jour nouveau. Mais ce n'est pas une excuse.

Je hisse tes pulls marins et ton ciré en grand pavois et applaudis leur danse dans les airs. Ton bateau surfe sur les vagues. Sa course victorieuse décime mes mauvaises pensées et les sème dans l'écume de son sillage. Voudras-tu qu'on renomme *Vent de sable La Désirante* ?

Mon portable sonne pour la énième fois, je souris de l'effervescence de Caroline à l'approche de mon arrivée. J'ai eu toutes les peines à obtenir qu'elle n'aille pas passer l'après-midi à arpenter les quais de Port Camargue. Je l'avertirai lorsque je serai au large de l'Espiguette. Cela leur laisse largement le temps à Régis et à elle d'être là pour m'accueillir. J'ai eu autant de mal à convaincre Simon de me laisser passer la première soirée, seule avec tes parents. Avec la promesse de déjeuner avec lui dès le lendemain. Mais le numéro qui s'affiche sur l'écran n'est pas celui de Caroline : 00 213... Je reconnais l'indicatif de l'Algérie, tourne le visage au large sous la charge de l'anxiété, décroche. C'est toi, Lou, qui me dis précipitamment : « Shamsa, je vais bien, rassure-toi. L'armée vient de me récupérer. Où es-tu ? » Je crie, je hurle : « Lou ! Lou ! » et je saute sur le pont. Tu soupires : « Comme je suis heureux de t'entendre ! » Tu ris, d'un rire brisé mais radieux. Je ris dans la fièvre du désir de serrer ton corps, de m'y incruster. Tu répètes : « Shamsa, où es-tu ?! » Je t'implore : « Appelle tes parents. » Tu murmures des paroles éperdues, si longtemps contenues qu'elles sont empreintes de vertige. La Méditerranée tout entière s'engouffre dans mes yeux au timbre de ta voix. Soufflés du désert, tes mots d'amour rallument les bleus de la mer et ma joie. Le regard encore aimanté par les limbes du Sud je vois, sans surprise, s'y profiler l'ombre immémoriale d'un vent de sable.

Table

Du même auteur :

LES HOMMES QUI MARCHENT, Ramsay, 1990 ; Grasset, 1997 ; Le Livre de Poche, 1999.

LE SIÈCLE DES SAUTERELLES, Ramsay, 1992 ; Le Livre de Poche, 1996.

L'INTERDITE, Grasset, 1993 (Prix Méditerranée des jeunes. Mention spéciale Jury Femina) ; Le Livre de Poche, 1995.

DES RÊVES ET DES ASSASSINS, Grasset, 1995 ; Le Livre de Poche, 1997.

LA NUIT DE LA LÉZARDE, Grasset, 1998 ; Le Livre de Poche, 1999.

N'ZID, Seuil, 2001.

LA TRANSE DES INSOUMIS, Grasset, 2003 ; Le Livre de Poche, 2005.

MES HOMMES, Grasset, 2005 ; Le Livre de Poche, 2007.

JE DOIS TOUT À TON OUBLI, Grasset, 2008 ; Le Livre de Poche, 2011.

Composition réalisée par DATAGRAFIX

Achevé d'imprimer en décembre 2012 en France par
CPI – BRODARD ET TAUPIN
La Flèche (Sarthe)
N° d'impression : 71391
Dépôt légal 1re publication : janvier 2013
Librairie Générale Française
31, rue de Fleurus – 75278 Paris Cedex 06

31/6422/5